U0902926

The Incidental Spy

另类间谍

[美] 莉比·菲舍尔·赫尔曼 著
汪德均 译

天津出版传媒集团
天津人民出版社

谨以此书献给

对第二次世界大战了解最多的

玛丽·艾伦·卡其默[①]，

以及那些经历过战争的人们。

① 作者的朋友、英文原书编辑，对该书的写作提供了很多有价值的意见。

译者的话

亲爱的读者诸君，感谢您选择本书，帮助本书创作完成——依据接受美学，作品非经读者阅读，创作不算完成！

也许你读过 100 本间谍小说或看过 100 部谍战剧，但是读了本书，你才会感叹什么叫“创新”，什么叫“独辟蹊径”！

间谍当然得刺探情报、微拍文件、暗号联络等等，但本书除了这些内容，除了离奇曲折、惊心动魄的故事，还着力刻画了美女间谍匪夷所思的内心世界，揭示了人性底线的生死博弈。

谍战剧/小说一般都是类似的套路：去执行任务（或刺探情报、送出情报、暗杀某人、爆炸重要目标等；但这任务几乎不可能完成，因为对方极其强大、防守严密、老奸巨猾——这就吊起观众/读者胃口，急着想看主人公是怎么去完成如此艰险的任务——主人公以其大智大勇（文戏）或加上非凡的身手（武戏、融合动作片）最终完成了或接近完成该项任务。

那么，请诸君先猜猜，本书会怎样展开故事（大致的套路）？然后读下去验证；保证您一点儿边也沾不着！

本书是美国当代悬念大师莉比·赫尔曼 2015 年 9 月才出版的《战争三部曲》第一部，也是她 12 部小说中唯一的中篇（当然她也有短篇小说，她的短篇小说集《好女孩儿变坏了》被称为“短篇小说中的诗”），旨在揭示战争对社会、个人命运的影响，其余两部将在今年陆续问世。

赫尔曼是一位人生经历极其丰富的学者型作家，她是宾夕法尼亚大学历史与文学学士、纽约大学电影制作硕士、电视纪录片制片人，1973 年曾在华盛顿报道“水门事件”，穷追猛打尼克松总统。她的作品视野广阔，构思独特，描写逼真，发人深思，广受欢迎；目前有好几部作品都被译成了德语、西班牙语和意大利语。中文版《谋杀鉴赏》在亚马逊持续热销，续集《谜案鉴赏》以及《加倍偿还》《面纱与革命》《凶案影像》已经出了电子版。

本书原应采用Fiberead合作译书模式，但作者认为本书较短，与译者商定由译者独自译完；故需首先感谢作者的信任与一直以来的支持。

承蒙物理学博士廖思丞先生审读本书，指正书中涉及原子物理学方面的表述；廖博士对于《谋杀鉴赏》及其续集《谜案鉴赏》均有多处勘正，特此致谢！

本人生于 1952 年，20 世纪 80 年代中期开始学习翻译，研究过多位大师，主要取法傅雷、李文俊、庄绎传，坚持“学我者生、仿我者死”“吾爱吾师吾更爱真理”之原则，只唯实、不盲从；讲究“得气”，即找到感觉，探究作者匠心，以求在译文中再现：叙景状物，身临其境，言语情态，跃然纸上——力求传达出原文的神韵；行文讲究声音节奏之美，让译文读者的感受不逊于原文读者的感受，不仅读了故事，而且还要享受语言的美感，既不能让作者蒙羞，更不能糟蹋了咱们优美的汉语。

仅举一例。16 章有一处，初稿为“继续行进”，最终改为“继续前行”，因为“前行”两字都是平声，“继续”是仄声，读起来“仄仄平平”，音调和谐。

无论是本人亲自翻译的，还是本人主持翻译的，在“译稿精炼”结束以后，都要亲自修改至少 6 遍以上，保证达到一流译文的水准，力争短期内

（20 年）无人能够超越！望读者诸君监督！

旅欧老作家尹强儒先生读了《谋杀鉴赏》后说道：

“译文的语感、音韵、准确度均属上乘一类。”

那么，你可以相信，本书的译文质量不会低于《谋杀鉴赏》。

不过，限于精力与水平，难免依然存在不当之处，恭请读者诸君挑刺，今后还会修订。

汪德均

2016 年 1 月 24 日

第 1 章

1942 年 12 月，芝加哥。

丽娜上车时就认定这两人会杀了她。平常与她接头的只有汉斯，今天下午却还有一人。那人坐在后排；虽然他手中既没刀子，也没手枪，连细铁丝也没有，但他身上有种令人不寒而栗的东西。丽娜一见到他，就感到车里比 12 月的寒冬还要冷。他公牛般强壮，面若冰霜，不理不睬，似乎上帝分配给他的言语和手势都极为有限，多一点儿言语或手势就会引起混乱。而平常爱说话的汉斯呢，此刻只顾盯着前面，假装身边无人。丽娜觉得自己就像一个偷偷溜进副驾座的鬼魂。

她想到了逃跑。打开车门跳出去？她看了一眼车速表。时速 30 多英里[①]！车子正沿着湖滨大道向南

① 约 50 公里。

急驶，跳车必死无疑。当然也可以滑向汉斯，在汉斯回过神来以前，自己猛踩一下刹车，随即跳下去。但路面有冰，车子会打滑。要是撞上后面驶来的车辆怎么办？她紧闭双眼，不敢想象。她也想过砸破车窗大声呼救，可这辆福特轿车的玻璃特别厚；况且，就算能砸破，她该怎么说呢？谁会相信她呢？

她咬着嘴唇使劲儿想。或许是自己想多了，也可能是这六个月来过于紧张。要不就是经期反应。卡尔以前不是经常就此打趣吗？她疾速地眨了几眼，努力抑制着眼泪——一想到卡尔，眼泪就要涌出。

她的工作就是打字啊整理文件啊之类的，天天如此，年复一年，和其他所有的秘书都极为相似。午饭时还同索尼娅一起，索尼娅说她老公夏天参加了中途岛战役①；从自助餐厅出来走到 57 号大街的花店附近，发现了接头暗号——被雪覆盖的小花盆里，插着一面小小的美国国旗。这就是说，她必须尽快与汉斯接头。

---

① 1942 年 6 月 4 日至 7 日，美国海军在太平洋中途岛附近海域击败日本海军，此战成为太平洋战争的转折点。

管他的，就是不去。可是麦克斯和麦克诺蒂等着她回家呢。麦克诺蒂是住在楼上的邻居，也是麦克斯的保姆。每当因为接头而回家很晚的时候，丽娜就会向麦克诺蒂解释说是因为必须“加班”。麦克诺蒂当然会让麦克斯准时吃晚饭，也会准时哄着麦克斯上床睡觉。而就在几天以前，她还对汉斯说自己知道该怎么行事。不行！她不能不去接头，不能冒这个险：要是他们再次绑架麦克斯，那怎么得了？

她向后靠着椅背，吞了一下口水。发现接头暗号时，本来应该立即跑回家，抱起麦克斯，登上第一列火车逃出芝加哥的。可现在说什么都晚了，自己真是个笨蛋！

福特车减速拐进了湖滨车道南段，车速更慢了。后座那人身子前倾。她知道将要发生什么了，立即鼓起勇气，轻声道：“Sh’ma!”①

① 犹太教基本的祈祷用语，承认上帝是唯一的，赞美上帝。

第 2 章

1935 年 5 月，柏林。

丽娜沿着艾伯特大街向西一路跑到动物园，迅速躲了进去。才 5 月中旬，热辣的阳光就使人觉得简直是在 7 月。不过，一旦进了绿荫下，就顿时凉爽下来。微风轻拂，鸟儿鸣唱；一阵风吹过树丛，鸟儿们似乎有些惊恐不安，正如丽娜自己一样。她跑过拐角，险些撞上两个骑着单车的女孩，一眼瞥见几个儿童在杜鹃花丛后面打水仗。约瑟夫应该就在那座雕像旁等着她；那雕像中的女人手贴胸部，丽娜一直都记不得她的名字。

他就在那儿！波浪般的金发，瘦削的下巴，迷人的绿眼睛，看上去不像是犹太人，倒像是雅利安人。丽娜则是一头浓密的栗色头发，褐色眼睛，大鼻子——真觉得自己鼻子太大！但约瑟夫说无论如何他都喜爱这个大鼻子，简直无法忘怀。约瑟夫声称，在那几次校园暴力事件中，他全靠这副相貌才免于灾难。他家是几年以前从阿尔萨斯[1]搬来的，所以他开玩笑说他既是法国人又是德国人，或是法德之间某处的人，不管是哪里的人，反正他总是爱着丽娜——他常常会赶快补充这一句。

约瑟夫一见到丽娜，顿时笑逐颜开，张开双臂。丽娜跑进约瑟夫怀里。她从 5 岁起就认定，约瑟夫就是自己将要托付终身的人；每周的犹太教堂活动时，她总会借给约瑟夫几个硬币去慈善捐款。但直到一年前他俩 16 岁时，约瑟夫才意识到这一点。

丽娜退出约瑟夫的怀抱，直盯着约瑟夫。她知道自己没笑，可是约瑟夫的脸上，刚才还那么灿烂的笑容，此刻已无踪影。她觉得自己的脸皱成一团，眼泪满眶，再也抑制不住了，一滴滴流过面颊。

约瑟夫抱住她："我的丽娜，出什么事了？别哭，一切都很好。咱俩在一起呀！"

但丽娜哭得更厉害了。

"到底怎么回事呀？"

"唉，约瑟夫……"呜咽声突然止住了。

---

① 法国东北部地区，隔莱茵河与德国相望，以说德语的居民为主。

约瑟夫拉着她走向一张铁制长凳，让她坐下，自己坐在她身边，抓住她的手。通常，泥土的气息和盛开的紫丁花的芳香会使她开心地微笑，可是今天眼泪还是止不住往下掉，他只好试着用手背去擦干眼泪。

约瑟夫的手指轻轻擦过她的面颊："到底怎么啦？你这样子，就像失去了最好的朋友一样。"

"就是嘛。"她哭道。

"胡说些什么呀？"

她深深地吸了一口气，竭力使自己镇定下来："我爸妈要送我去美国。三周后出发。"

约瑟夫一脸的不相信："可是——你爸妈准备去布达佩斯呀，和我爸我妈一道。"

丽娜觉得自己的嘴唇都在发抖："他们的确要去布达佩斯；可他们说，我到了匈牙利也不安全，要我远走高飞。"

"我也试着说服爸妈改变主意，可我们有一个表亲，类似于姑妈或姨妈的，住在芝加哥，同意做我的担保人。这事已经定了。"

"不行！"约瑟夫握紧她的手。只说了一个词，但一切都在这个词里。

"我——真不知该怎么办，约瑟夫。我离不开你！”

约瑟夫点点头：“我也一样！”

突然，她的心情开朗起来：“也许你可以和我一道去美国。”

约瑟夫盯着她：“这怎么行？你知道不可能的。我们可没那么容易找到担保人——”

“我求求那位姑妈看。”

“我爸妈绝不会同意。”

她看着地下，低声说道：“我知道。但我们不能待在这里。我们再也上不成学了，我爸失去了报社的工作，你爸也失去了政府里的职位。情况只会越来越糟。”

约瑟夫一时说不出话来。“让我想想。我一定要想出个主意来。”随即把她拉过来，捧起她的下巴：

“丽娜·本特海姆，我爱你，永远爱你！”

“我也爱你，约瑟夫·迈耶。永远！”

“永不分手，除非死亡！”约瑟夫说罢，俯下身子。

“永不分手，除非死亡！”丽娜哽咽着重复道。

两人激吻。

第 3 章

1935 年，芝加哥。

但约瑟夫并没想出什么主意；于是三周以后，丽娜登上了一艘驶往纽约的轮船。她郁郁寡欢，而且晕船，只好大部分时间都待在甲板下面——这个旅途真是度日如年，她发誓永远也不再乘船出海。一旦进了纽约，通过了海关，她就按照姑妈信上的指示，坐上开往芝加哥的列车。

姑妈厄休拉在火车站接她。厄休拉身材瘦削，浅黑肤色，淡蓝色眼睛；姑父名叫赖因哈德·斯坦纳，数学教授，老家是雷根斯堡[①]的；五年前，赖因哈德获得了芝加哥大学提供的教职，他们就来到了中西部[②]。此刻她俩乘出租车，来到一个名叫“海德

① 德国东南部城市。

② 指美国中西部，芝加哥是中西部最大的城市。

公园”的小区；小区不仅宽敞，而且绿树成荫。还在车上，丽娜就发现厄休拉精明能干、颇有头脑，但也并非刻薄之人。很显然，她对丽娜的人生已经作了规划。

“你先要参加英语强化培训……”她说，“包括打字，才能找到工作。当然啦，我们会借钱给你，等你工作以后慢慢还我们。赖因哈德在学校里有些关系，等你培训合格以后有可能帮你找到工作。目前经济持续疲软，只要能找到工作就算很幸运了。”

丽娜连声道谢，凝视着窗外。不错，她已经 16 岁了，许多德国女孩都在这个年纪离开了学校，不是工作，就是嫁人；但她还有一些期待——不是期待，而是希望——真想再读一两年拿到一个文凭；并不是她还不想进入成年人的世界，而是这个成人世界来得太快太突然了。仅仅三个星期以前，她还在柏林动物园里和约瑟夫偷偷亲吻，此刻，青少年时代就已经结束——真想把眼泪全都眨回去！

接下来的六个月，满满当当的英语课、秘书课，也常收到家里来信。约瑟夫定期写信来，告知他的情况——他在家自学，学做饭菜，散步走很长的路。他声称非常想念丽娜，他爱丽娜永无止境。丽娜的父母来信总是好消息，从不提起如何应对希特勒对他们的迫害。然而，丽娜明白，好消息越多，情况就越糟糕。因为她常读报纸。丽娜回信请求他们离开柏林到布达佩斯、巴黎或纽约。但他们从未提到过要离开德国，至少在回信中没有提到。

不过，眼看就要到犹太教[①]的新年了，德国的来信却越来越少。终于，到了 12 月，约瑟夫来了一封信：

> 你真应该庆幸逃出去了！这里的情况十分糟糕！我爸妈已决定去布达佩斯。你在美国，可能不大了解这儿的情况。可是，就在9月份，希特勒通过了《纽伦堡种族法》[②]，剥夺了所有犹太人的公民权，我们现在成了希特勒帝国的“臣民”。该法还禁止犹太人与雅利安人通婚或有性关系，也不能雇佣雅利安女人做家务；而且还规定，只要祖父辈有三四个犹太裔血统者都算是完全的犹太人。

---

① 犹太新年的开始是犹太历的每年七月初一，一般在公历 9 月到 10 月之间。

② 又称《纽伦堡法案》，指纳粹德国 1935 年 9 月 15 日起通过的一系列剥夺犹太人权利、迫害犹太人的法案。

于是，现在人人都在为某人到底是完全的还是部分血统的犹太人而争辩不休。这很重要吗？至关重要！我爸说，待在这儿，就是等死。而且他们还在制订更加苛刻的法律。我们和罪犯没有区别，就因为我们是犹太人！简直无法相信！

爸妈在布达佩斯的朋友给我们找好了房子，但显然房子很小，我们过几天就要出发。我想你想得好苦啊，简直要绝望了！

好久都没见到你爸妈，他们可能早就逃出去了吧？

第二天她收到妈妈的来信。很奇怪，不像约瑟夫的信里说了那么多，妈妈什么情况也没说，还是以前常说的那些鸡毛蒜皮的事。丽娜立即回信，问他们怎么还不逃出德国，他们和约瑟夫交谈过吗？她再一次乞求父母离开柏林。然后哭了一场。

此后再无回信。

第 4 章

1936 年 5 月，芝加哥。

刚好一年以后，厄休拉就宣称丽娜可以找到工作了。“你也知道，来美国以前我就干文秘这一行，所以才遇到了赖因哈德。贪玩的女孩如何装出一副很能干勤快的样子还能让别人相信的那一套把戏，我全都明白。”

丽娜不知道这是不是在教她如何应聘，但一见姑妈的笑容，心里一下子就放松下来；学起英语来得心应手，才四个月，就说得犹如土生土长的美国人。

“赖因哈德帮你打探过，物理系正好要雇一个秘书。还有……”厄休拉笑逐颜开，接着说，“系里有两个德国学生，英语不太好。一听说要来一个德英双语的秘书，兴奋得不得了。尤其是现在这个形势下。”

丽娜吞了一下口水。“可我对物理一无所知。我读的文科中学，大部分基本概念都是错的。像什么加速度、比率、重力等，我头痛死了。”

厄休拉轻蔑地挥了一下手：“不必懂物理学。我连 2 加 2 都算不清楚，看看我现在如何。”

可是丽娜并不愿像姑妈那样遇到并嫁给德国留美学者。约瑟夫还在布达佩斯等着她呢，她要尽快把约瑟夫弄到美国来；不过这以前，她当然要接受这个职位。

莱尔森物理试验室覆盖着常春藤，令人赏心悦目，它位于 58 号大街，大街后面靠着大学的四合院。丽娜常爱步行穿过这个院子去上班，想象着自己就是一个在校生。唉，还会有学生时代那些无忧无虑的日子吗？

尽管芝大物理系很小，但它却以拥有两位获诺贝尔奖的科学家而自豪。其中一位就是亚瑟·康普顿[①]，该系的系主任。丽娜很快就明白厄休拉说得对，她压根儿就不需要懂什么物理学。

但她必须确保打印的文件正确无误。那些文件有许多的图表、分数、百分数、公式、符号，等

---

① 亚瑟·康普顿（1892—1962），1927 年诺贝尔物理奖获得者。

等。尽管她看着神秘莫测，但那些科学家都能看懂，所以，绝不能出错。她曾问过为何不能出错，康普顿教授解释说："逐渐养成严谨准确的观察物质世界的习惯，就是物理系的使命。"

"为达此目的，"他摸着小胡子（有点儿像希特勒的小胡子——丽娜想着），"我们要求本系的研究生要能复制那些杰出的研究者们做过的经典实验，并且得出自己观察到的数据及其分析结论。"

丽娜点点头。在康普顿面前，她有点儿胆怯，但在那些学生面前就自在得多了。他们谈笑风生，幽默机智；作为未来的科学家，这些人风趣得令人吃惊。其中有两个德国研究生，一年前才来到美国，他们写论文时常常需要丽娜帮忙。还有一个年轻的英国人和三个美国人也常来闲逛。

有一天，那个德国学生弗朗茨对她说："其实系里的德国学生有三个，只是这学期卡尔在纽约的哥伦比亚大学。"

"怎么回事呢？"

另一个德国学生叫亨利希，笑道："实验要在那儿做。大量令人兴奋的原子实验。我迫不及待地等他回来说说那一切。"

谢天谢地，丽娜倒还知道原子是什么东西。"可为什么要做原子实验呢？”

“分裂原子，”弗朗茨说道，“甚至连爱因斯坦也认为原子有可能分裂。”

“目的呢？”

“那谁知道？但是据说希特勒也在干同样的事，所以，美国人当然也必须干……”他的声音逐渐减弱，“无论如何，卡尔 9 月份都会回来。”

第 5 章

1936 年 9 月。

还没到秋天，约瑟夫的来信就逐渐稀少了。他在一封信中说道，自己没事，但妈妈病了，咳嗽时发现手帕上有血丝，恐怕是得了肺结核。他自己在布达佩斯学木匠。“想想吧，咱们将来修建自己的房子时，这手艺准能派上大用场。”

丽娜也想跟着乐观一下，但好几个月都没有爸妈的消息；约瑟夫说在布达佩斯也没见着他们；因为移居当地的德国犹太人社区很小，人们彼此全都认识。丽娜曾听到传言说，纳粹党卫军把犹太人包围起来，驱赶到强制劳动的集中营。她祈祷上帝保佑这不是真的，盼望着很快就会收到乐观一点儿的来信——要么寄自巴黎，要么寄自伦敦或阿姆斯特丹。

一天下午，她正在档案室——其实不过是一间狭窄的小屋子——忙着整理文件，突然，门外传来一个男人的声音：

“喂，有人吗？”

声音比较犹豫，口音很重，像是德国人说的。准确地说，是巴伐利亚口音。只要是德国人说英语，丽娜一听就知道说话人来自德国哪个地区。

她赶紧走了出去。一个小伙子靠墙而立，黑黑的卷发，棕色的眼睛——眼睛显然被那副眼镜放大了；体格健壮，身高六英尺[①]——丽娜现在也习惯使用英尺英寸了。

“需要帮忙吗？”丽娜知道自己的口音也暴露了自己是外国人。

小伙子面露喜色：“你是德国人！”他的表情纯真而充满喜悦，丽娜立即感到轻松自然。

丽娜点点头：“你是巴伐利亚人。”

他改用德语：“你怎么知道？”

丽娜笑着拍拍自己的嘴唇：“听出来的。”

他也笑了：“好厉害的耳朵！”随即举起手掌：“慕尼黑。”

“柏林。”丽娜也举起手掌。

“你在这儿工作？”

---

① 约 1.83 米。

"我是系里的秘书，5 月份开始的。"她把头一偏，"你是新来的？"

小伙子笑答："不是。不过是出去了一段时间。"

"哦，你就是卡尔呀。"

他笑得更加灿烂了："当然是啦！"

"你这段时间在纽约的哥伦比亚大学？"

他点点头："你呢？"

丽娜举起手来："我说过了，我不是学生。"

"你的名字呀。"他说话语气温柔。

丽娜觉得一阵脸红："哦，丽娜·本特海姆。"

他伸出手来："卡尔·斯特恩。"

丽娜握住卡尔的手。斯特恩有可能是一个犹太人的姓。他俩站在那儿，两手紧握，时间超长——但似乎都不嫌长。

这以后卡尔每天都要来系办公室，要么是借一本系图书馆的藏书——丽娜常常帮学生们查找，要么是找一篇别人已经写好的论文，要么就是弄丢了这学期的课程表，反正每次来都有不同的借口。丽娜什么也没说，却常常盼着他来。

两周以后，卡尔鼓起勇气请她出去喝茶[1]。

---

① 指英式茶点。

“喝茶？太——太好了！”她咯咯咯地笑着说，“可我们又不在伦敦呀！”

“当然……”卡尔的脸红到了脖子，“那就喝咖啡嘛。”

丽娜扬起头：“可惜也不在维也纳[1]；不过，那些美国人爱喝美国咖啡倒也不假。”

卡尔脸涨得绯红，说话也结结巴巴起来：“那——那——我向你道歉，为……”声音越来越低，似乎身子也在缩小。

“可以喝啤酒呀，”丽娜微笑道，“不过这是另一回事。附近能找到酒馆吗？”

卡尔顿时满眼放光。

“五点钟再来，怎么样？”

他兴奋地不住点头。

丽娜带着卡尔进了一家餐馆，就在校园外面。菜单上自豪地印着百威啤酒的商标，上端还有一行文字：菜品优良，味道更佳。特色菜有浓汤，肉馅糕[2]，甚至还有学生都不嫌贵的汉堡。食客们全都喝

---

① 奥地利首都。一般而言，欧洲人认为欧洲的咖啡比美国咖啡更香，但此处别有含意。

② 一种用肉类和其他食材烤制而成的长方形面包状食物。

着啤酒进餐。菜肴的香气弥漫于空气之中，令人食欲大增，丽娜已经开始吞口水。他俩都点了肉馅糕。

聊起德国的情况时，他俩无话不谈。此时柏林奥运会[①]刚结束不久，希特勒正得意洋洋，原本以为他的雅利安运动员能主宰所有的赛事，不料美国黑人杰西·欧文斯[②]几乎囊括他所参加项目的所有金牌——真是讽刺中的讽刺！就因为这场奥运会，德国政府才暂时收敛了迫害犹太人的行动。

“然而，不断出台的反犹措施越来越多。”卡尔说道。

丽娜坐直身子。“你是犹太人？”

“是啊。我还以为你知道呢。”

丽娜靠向椅背，全身如释重负。卡尔明白这种感受。其他的德国研究生虽然对犹太人的处境深表同情，可他们毕竟不是犹太人，对那些迫害并没有感同身受。这是到美国以后，丽娜第一次意识到自己活得有多累。

---

① 即第十一届柏林夏季奥运会（1936 年 8 月 1 日—1936 年 8 月 16 日），德国获得金牌总数第一，希特勒趁机以此宣扬德国实力。

② 杰西·欧文斯（1913—1980），美国黑人田径运动员，在柏林奥运会上获得 4 枚金牌，4 次打破世界纪录，9 次破奥运会纪录。

“你的父母呢？”丽娜问道，“家里其他人呢？”

“他们在奥地利。我正设法把他们接到这儿来。我觉得这事肯定能行，只是不知何时能办到。现在，美国对于入境控制得相当严。”他停顿了一下，“你的家人呢？”

丽娜一时语塞，然后摇摇头：“音信杳无。”

卡尔把手伸过桌子，紧紧握住她的手。

第 6 章

到了年底，丽娜和卡尔已经形影不离。她多数时间都在卡尔的公寓里度过；那是海德公园南部的一间小屋，比厄休拉的房子还要破旧。不过厄休拉并没说什么，似乎她早就知道会是这样，并且默许了此事。每周五的安息日[①]晚餐，卡尔都受邀而至。只要没外出，这一顿就成了他俩唯一的大餐。

与卡尔初试云雨的那天晚上，她感觉自己是卡尔的第一个女人。过后才意识到必须给约瑟夫写封信。最初她还颇感内疚而竭力与卡尔保持距离，但卡尔极为谦恭、温柔并且非常聪明，丽娜很快就喜欢上了卡尔。不管怎么说，约瑟夫好几个月都没来信了；有关他的记忆就像是夹在一本书中已经枯萎的花瓣，而那本书也是几个世纪以前写成的。

---

① 犹太教主要节日之一，本意为休息、不许工作，时间是每个周五日落到周六日落。

这一段时间，物理系弥漫着前所未有的热情与兴奋。虽然系主任康普顿以研究宇宙射线而闻名于世，但让学生们着迷的那些实验却是恩里科·费米[①]1934 年在欧洲就开始做的。

一天晚上，他俩做爱以后，卡尔试图以丽娜能听懂的方式解释一下费米的工作。

“那是与中子而不是质子有关的轰击性元素。费米使用的元素之一是铀，铀是目前已知最重的元素之一。这个实验太重要了。”

“为何那么重要？”

“因为结果将证明比他开始时的元素要轻。”

她皱起了眉头：“什么意思呢？”

“费米自己也没有真的弄明白其中的原因，但有人很快就把它与爱因斯坦的 $E=mc^2$ 理论联系起来。”

“为什么呢？”

卡尔笑得牙齿都露了出来。“因为在轰击过程中会释放出大量的能量，”他顿了顿，“如果我们探明这究竟是如何发生的，释放出来的究竟是什么，世

---

① 恩里科·费米（1901—1954），美籍意大利裔物理学家，1938 年诺贝尔奖获得者。

界就有可能改变面貌。”

丽娜很爱听卡尔说话；尽管她不大明白卡尔说的是什么，但卡尔的热情洋溢与强烈的求知欲激发了她重返学校的愿望——至少得完成中学学业吧；甚至，在那以后，兴许还能读大学呢。

第 7 章

1937—1938，芝加哥。

丽娜和卡尔结婚的那一天，是 1937 年 6 月里一个微风和煦的日子。

小小的婚礼在卡姆以赛亚以色列犹太教教堂[①]举行，教堂位于海德公园。来宾只有几人：厄休拉与赖因哈德，物理系的研究生，丽娜的朋友、数学系秘书邦妮，以及康普顿夫妇。丽娜在马歇尔·菲尔德[②]买了一件特价的白色连衣裙，邦妮帮助她做了一张面纱。但她最满意的还是那一双白色的凉鞋，因为那上面装饰的人造钻石，在灯光下熠熠生辉，让她的双脚好像在空中飘浮。

---

① 这是芝加哥最古老的犹太教教堂，曾于 1874 年的芝加哥大火中烧毁，1924 年重建于海德公园。

② 芝加哥老牌百货店，2006 年并入梅西百货。

仪式结束后，厄休拉和赖因哈德邀请客人们到他们家去享用婚礼蛋糕和香槟。厄休拉居然端出了卢茨牌的杏仁蛋白软糖蛋糕——德国糕点中的名牌！这真让丽娜大吃一惊。那是厄休拉一路开车到北边去买回来的。那天晚上，卡尔的朋友们带着他俩去国会酒店看本尼·古德曼[①]三重奏组合的演出。他们跟着唱啊、跳啊直到凌晨才结束。丽娜满意到了极点——要是爸妈能来参加婚礼就更好了！

几个月以后的一天，他俩从靠近 57 号大街与多切斯特大街的公寓里出来，走向学校的四合院时，丽娜——现在的斯特恩太太——举起手来，从不同的角度品尝着结婚戒指在早晨的阳光下闪闪烁烁的滋味——她现在常做这样的动作。对于大多数人来说，那只是一个不值钱的小圆圈；但于她而言，其价值不下于最近修建的整个诺克斯堡[②]。

她转向丈夫："谢谢你，卡尔。"

"谢我什么？"

---

① 本尼·古德曼（1909—1986），美国著名单簧管演奏家、爵士乐音乐家。

② 诺克斯堡位于肯塔基州北部，1936 年起为美国联邦政府黄金储藏地。

"一切的一切——是你让我成了健全的人，让我终于有了归属感。"

卡尔笑了，牵住她的手，默默地走了几步。

然后，丽娜说："我得向你坦白。"

"坦白什么呀，亲爱的？"

"但愿……"她犹豫了一下，"有时候啊，我真不想关心欧洲的情况。我这样是不是太不像话了？"

卡尔握紧她的手："我认为不是。有时候我自己也这样。"

"那么你会内疚吗？"

"我不会让自己内疚；而且，我正在研究的领域能够结束那儿的灾难。"

"那还早呢……况且能不能成功还说不准；你看看眼前，纳粹是多么不可一世。"

卡尔抓住她的手臂："或许能，或许不能。但不要忘了，我亲爱的丽娜，你也在出力呀。"

"除了打字、整理档案和写信，我什么也没做。"

卡尔竖起食指紧贴嘴唇："可别那样说。你的工作干得好，就能让我们集中精力搞研究。总有一天，这项研究会给予美国一个极有价值的工具。"他俯身亲吻丽娜。丽娜很想收藏这样的时刻；要是能把它们储存在生活的幸福时光相册里，那该多好啊！

于是，丽娜竭力忽略那些不断从欧洲传来的坏消息。不过，这种努力只能在短时间里有效；因为坏消息正如有了毛病的水龙头，每时每刻都在滴水，毫不停歇。据报道，匈牙利已经被迫加入了轴心国[①]，布达佩斯的犹太人必然遭到围捕。丽娜祈祷约瑟夫平安。她不敢也不愿想象自己父母的处境；她竭力说服自己，无论是他们进了劳改营还是进了人们传说中的集中营，自己都无能为力；因为她自己身在美国，美国人关心的不是欧洲，而是美国本土。

美国此时集中力量复苏经济，不愿卷入战争。当然也有一些人，如亨利·福特[②]，甚至诋毁犹太人；而库格林神父[③]，这个天主教牧师每周一次的电

① 第二次世界大战期间，以德国、意大利和日本为首结成的法西斯战争同盟。

② 亨利·福特（1863—1947），美国汽车大王。

③ 查尔斯·库格林（1891—1979），推崇希特勒和当时德国、意大利的法西斯主义，号称有4500万听众（占当时全美人口三分之一），每天收到捐款无数，专门雇佣150人点钞。

台节目，竟然有几百万听众！只要一听到他的节目，丽娜就会关掉收音机。

到了 1938 年 3 月，纳粹势力蔓延奥地利，于是德国吞并奥地利；十月侵占苏台德地区[①]，11 月制造了“水晶之夜”[②]！欧洲已经成了充满暴力与死亡的屠场，要想视而不见，再也办不到了！

不过，丽娜所在的物理系传出了令人振奋的好消息——恩里科·费米因其在中子撞击领域的成就而获得 1938 年诺贝尔物理奖；因此，对于核武器研究的未来，人人都很乐观。

到了 12 月份，丽娜发现自己停经了，并且乳房也变得柔软起来；因为常常和邦妮说起，才知道自己有了身孕；也不知卡尔对此态度如何，因为他工作时间太长了，便打算给他一个惊喜。于是，一天晚上，丽娜带着卡尔去了那家菜单上有着百威啤酒商标的餐馆——这儿成了他俩的“窝点”。

---

① 苏台德地区，本书中特指两次世界大战期间，捷克斯洛伐克境内临近德国的德语居民区。

② 又称“碎玻璃之夜”“十一月大迫害”，指 1938 年 11 月 9 日至 10 日凌晨，纳粹分子袭击德国和奥地利犹太人事件；因打碎大量玻璃，灯光下地面如水晶般闪烁，由此得名。此事标志着大规模迫害犹太人已经开始。

点了啤酒以后，她才说道：“告诉你个好消息。”

卡尔歪着头：“你爸妈的？”

她摇摇头：“不是，边都不沾。”

卡尔皱眉：“那么，是啥？”

她伸手握住卡尔的手：“我们要有孩子了。”

卡尔满脸舒展开灿烂的笑。

刚好在圣诞节前夕，两位科学家宣布他们重复了费米的实验。这是分裂了中子和能量的铀原子轰击实验。他们声称，在恰当的条件下，这些沸腾的中子可以撞击其他原子，产生链式反应，释放出更多的中子与能量。他们把这种现象叫作“裂变”。

这个实验是在柏林做的！[①]

---

① 指 1938 年 10 月，柏林威廉大学化学研究所奥托·哈恩和弗里茨·斯特莱斯曼所做的原子核分裂实验。

第 8 章

1939 年，芝加哥。

1939 年 3 月，德国占领捷克斯洛伐克。内维尔·张伯伦[①]鼓吹绥靖政策；不过许多人都认为，希特勒根本不吃他那一套。

一个月以后，卡尔回到家时笑得合不拢嘴。丽娜正在煨豆子汤，浓浓的那种，卡尔很爱喝。

“你今天真像《爱丽丝漫游奇境》[②]中那只猫儿。”

“好消息！你绝不会相信的！”卡尔说。

“啥事儿？到底啥事儿？”

---

① 内维尔·张伯伦（1869—1940），1937—1940 任英国首相，鼓吹绥靖政策，致使法西斯势力大增。

② 英国童话名著，1865 年出版，作者笔名刘易斯·卡罗尔，真名查尔斯·路德维希·道奇森（1832—1898）。

“刚刚收到家里来信。”

她一下子睁大了双眼。能接到纳粹铁蹄下亲人寄来的信，太不容易了。“信里怎么说？”

“爸妈下个月从汉堡坐船到古巴。”

她嘴巴张大：“真的呀？”

卡尔连连点头：“那艘船载着约 1000 名犹太难民；他们要在哈瓦那停留一阵，然后——”

她舞着搅汤的木瓢，插话道：“他们可以住在这儿，太好了！”

“他们说，接近 5 月底会从哈瓦那发一封电报过来。”

“卡尔，我们必须庆祝一下。”

“好啊。”卡尔眼色柔和，两眼放光，“我想喝朗姆酒。家里还有没有？”

丽娜咯咯咯地笑了起来：“没有，但我可以出去买点儿回来呀。这个消息太好了！”

“他们肯定会喜欢你的。”

丽娜羞怯地笑了。卡尔拥抱了她一下，然后拍拍她的肚子——胎儿已经六个月大了，肚子圆滚滚的。“等到孩子出世——”

她立刻打断：“那艘神奇的轮船叫什么？”

“圣路易斯。”

圣路易斯号于 5 月 13 日从汉堡起航，丽娜和卡尔做好了一切准备。他俩已商量好自己睡客厅，父母来了以后就住卧室，待找到房子以后再搬出去。为此他俩去买了一个旧沙发，打开就成了一张床的那种。丽娜连续两个星期都在研究菜谱，并且买大包小包的食品回家。

那艘难民船原定于 5 月 27 日停靠哈瓦那，但过了 27 号他们还没接到电报。第二天晚上依然没有音信，他俩着急了。

很快就真相大白。那艘船一进入古巴水域，亲纳粹的古巴总统——菲德罗·拉蕾多·布吕——就宣布，不援助那些难民，千名犹太人中只允许 22 人进入古巴。其余的被迫待在船上。难民们呼吁美国让他们进入，美国两党也发表了意见。人们游行示威，还有无数的信件寄给富兰克林·罗斯福总统，讲述船上难民的悲惨遭遇。

但也有些人要求那艘船连同其装载的货物立即离开。于是古巴、美国之间开始了谈判，甚至多米尼加也搀和了进来，形势成了一个跷跷板：头天还是好消息，第二天就传来了坏消息。看来，全世界都为这事屏住了呼吸。

最终，反对派占了上风。谈判于 6 月 7 日失败，圣路易斯被迫返回欧洲。丽娜和卡尔悲痛欲绝。卡尔陷入了严重的抑郁，丽娜生怕他干出什么傻事出来，把厨房里的刀具都藏到了橱柜背后。

欧洲只有几个国家接纳了一些难民。有些人到了比利时、法国或荷兰，但一年后希特勒侵略这些国家时，他们又陷入了困境。该船回到欧洲几个月以后，卡尔收到父母来信，说是已在法国定居，此后再无音讯。

8 月初，阿尔伯特·爱因斯坦致信富兰克林·罗斯福总统，这是他对链式反应、铀以及裂变等问题的科学思考的总结。信中写到：

> 这些新的发现必将导致新型炸弹的研制，可以想象得到——尽管还不能确定——这种威力极其巨大的炸弹有望研制成功。

9 月 1 日，希特勒进攻波兰；两天以后，英法向德国宣战。

第 9 章

1939—1941，芝加哥。

两天以后，麦克斯·斯特恩出生，其时为 1939 年 9 月 5 日。

丽娜非常顺利地生下了孩子：中午才破羊水，不到晚上 7 点麦克斯就露面了。这个男婴真是完美无瑕：浓密的黑发，响亮的哭声，意志坚定的下巴——这一切似乎在说，谁也无法忽视我！这名字来自于他的外公麦克斯米利安——对于丽娜来说，父亲就算尚未遇难，也显然算是失去了。

产后的丽娜需要一段时间恢复，于是卡尔就安排孩子的割礼①。他找来割礼执行人，邀请客人，准备食物等。丽娜则一直和厄休拉待在卧室里。

听到孩子猛地发出尖利的哭叫——那肯定是手术

① 犹太人习俗，男孩生下不久就要割去其阴茎包皮。

刀割去包皮；丽娜忍不住冲进卫生间，一阵呕吐。

丽娜对麦克斯宠爱有加，把他像王子一般养育。当然她也就辞掉工作，一门心思都在孩子身上。她下定决心要做麦克斯引以为傲的母亲。毕竟，麦克斯的出生就证明了：无论纳粹多么猖狂，也不能一手遮天；确保麦克斯健康成长，就是她这个母亲神圣的职责。

转过年来，丽娜认认真真地给儿子洗尿片、刷奶瓶，保证他有充足的新鲜空气；还不断地对他唱歌，和他说话。专家们说过，对婴儿说话越多，婴儿就会越聪明。

不过，暗夜时分她依然满怀担忧。孩子稍微有一点儿鼻塞她就急匆匆去找医生；他是否饿着了？睡得太多还是太少了？就连尿布湿疹也让丽娜紧张不安。在她心灵最深、最隐秘处，她认定，只要自己出错，哪怕是疏忽大意的错，就是自己的末日到了。已经从圣路易斯号事件中恢复过来的卡尔试着安慰她；可是她的视野，尽管以前那么广阔，现在却小得只有麦克斯——麦克斯需要什么，麦克斯做了什么，麦克斯的费用支出，等等；对她来说，麦克斯身上那股带着爽身粉的婴儿气息，闻起来比什么都香。

1940 年 6 月的一天晚上，卡尔回到家，麦克斯早已睡熟。通常，丽娜尽量拖着儿子晚睡，好让他看看爸爸。可是今晚，他的小脑袋垂下，眼睛也没撑住，丽娜只好抱他上床。没办法，卡尔现在常常加班，回家很晚，因为重新启动了链式反应与铀化合物的实验。

卡尔告诉丽娜，伯克利[①]、纽约[②]和英国有了很多新的发现；因为康普顿是国家科学院的负责人，有关核研究的一切都要听听他的意见，所以卡尔他们必须研读大量的论文、分析报告和理论探讨，由康普顿综合判断，于是就常常要忙到半夜才能下班。

卡尔走进卧室之时，丽娜已经上床，正在打盹儿，忽然闻到了啤酒的气味儿。卡尔不大喝酒，她决定不过问这事；然而，卡尔却被自己的脚步绊倒，发出一声尖叫；丽娜立即开灯，撑起手肘。

“你没事吧，亲爱的？”

“没……没事——”

“你喝醉了。”

---

① 伯克利，加州大学伯克利分校。

② 纽约，指哥伦比亚大学。

“有……可能。”他打了一个响亮的酒嗝——似乎是为了证明这一点。

丽娜摇了摇头，她虽然厌恶醉酒，却不能对卡尔发火。

“太紧张了！我们几个出去喝了几杯啤酒，放松一下。”

丽娜起身换成坐姿。卡尔需要几杯啤酒减减压，这倒是很重要。“我给你冲一杯咖啡，怎么样？”

“谢谢，亲爱的。”

10 分钟以后，丽娜端着一杯热气腾腾的咖啡进了卧室，递给了自己的丈夫，然后返回床上。丽娜看着他小心翼翼地呷了几口。过了几分钟，卡尔紧皱的眉头舒展开来，看上去比先前平静了一些。

“怎么回事，搞得那么紧张？”

卡尔坐在床边：“我可以给你说。但你先得发誓，绝不要对任何人透露半点。”

“当然不会；还记得吧，我以前也在那儿工作呢。”

卡尔点点头。“当然记得。你还记得那个军官，叫作查尔斯·柯林斯上校的吗？政府刚刚建立了原子能委员会，他就常来系里。”

卡尔的指头摩挲着丽娜身上盖着的被单，似乎能够透过被单摸着丽娜的皮肤。“他总是要求私下见康普顿。好像他才是这儿的老板，康普顿是他的手下一样。”

“想不起有这个人。他是科学家吗？”

“懂点儿皮毛罢了。康普顿说，柯林斯只是在大学时修了一两门课，却自以为无所不知。”

“不过就是一个兵油子，披上老虎皮就以为自己统治世界。”丽娜说道，“全世界都一样。可是，康普顿怎么会受得了他呢？”

“我也在琢磨这事。事实并非如此。”卡尔笑道。

“怎么讲？”

“这么说吧，”卡尔端起咖啡又喝了一小口，“我不知给你说过没有，还在 5 月份——呃，这个很难讲清——德国侵占挪威，夺取了一家重水厂，那是世界上最大的重水厂之一。”

“重水？”

“那是一种制造核武器必需的材料。这就向世界表明，对于制造原子弹，德国人可是非常认真的。”

丽娜点了点头。

“从那以后，这项工作就加快了步伐，英美两国都不想落在他们后面，你知道的。”

丽娜感到一丝恼怒突然袭来：“我当然知道，可这跟你醉酒有什么关系？”

“我正要说到这里，”卡尔跪下来，伸手抚摸被单，停在了她的胸部，手掌成杯子形状握住乳房。丽娜正在哺乳期，乳房沉重，乳汁充沛。她轻轻弹开了卡尔的手：“说下去！”

卡尔叹了口气：“嗯，上个月政府重新启动了核武器研究计划，研究了好几种方式分裂同位素来产生链式反应，但关键是军方代表不再是委员会成员。”他停顿了一下，“于是，柯林斯今天一来，就被告知没理由再来系里了。”卡尔笑得露出了牙齿。

“结果呢？”

“上校当然很不高兴。”

“我不明白，军方不参与，这意味着什么？”

“实际上，这说明不了什么。只是我们不需要军方批准预算就能得到足够的经费来进行研究。但是显而易见，军方不可能长时间被排除在外。无论我们研究出来的是什么，都得由他们去实施。”

“但是柯林斯不满意？”

“他一点就着、暴跳如雷，威胁说要到高层去控告。其实军方应该参与负责这个计划。”

“无疑，他应该来当领导。”丽娜说。

卡尔点点头：“的确如此。然后他跺着脚走了出去。”

丽娜想了想：“天哪，好刺激！”

“不过，康普顿依然在办公室里待了一会儿才出来，然后召集我们，语气严厉地讲了保密问题。他说，我们的工作生死攸关，不得向任何人透露丝毫，连家属也不能，我们所做的一切都是国家的最高机密，必须采取最严格的保密措施。”卡尔咬住嘴唇，接着说，“如果他发现我给你讲了这么多，肯定会开除我的。”

“我绝不会透露半点，你知道的。”

“我当然知道。”他抚摸着丽娜的脸颊，“你看，这就是我们去喝酒的原因。我们都有点儿——发抖！突然之间，感到极为惶惑，不知未来到底掌握在谁的手里。”

丽娜不知不觉地伸出手臂抱着丈夫：“别担心，我绝不会打探你的工作。好啦，快上床吧。”

第 10 章

1941 年，芝加哥。

麦克斯 18 个月大时，丽娜做了一件本该在一年以前就做的事情。3 月的一个晚上，她写信给约瑟夫；也不知约瑟夫是否还在布达佩斯，是否还是那个地址。信中说到了卡尔、麦克斯、自己在美国的生活情况，也顺便提到了物理系；她为自己没能早点儿写这封信而道歉。在令人痛苦的柏林时期，那段爱情颇有意义，约瑟夫曾经是她的灯塔，她希望的航标灯，但她得继续前进——当然这些话并没有写上；只是简单地说，希望约瑟夫能够原谅自己。她并不指望能收到回信，但写完以后感觉好多了。

一个月之后，居然收到了回信，丽娜颇感意外。约瑟夫仍在布达佩斯，他母亲已经去世，父亲衰弱不堪。但他想要丽娜知道自己能理解她。毕竟“时不我待，人生无常”。

其实，约瑟夫当时正与一个女人约会，并已经打算求婚。他把丽娜这封信中所说的经历看作是丽娜的权宜之计。他只是向丽娜及其家人致以最良好的祝愿，其余什么也没说。丽娜读信时热泪盈眶，同时也摆脱了内疚，顿时感到几年以来从未有过的轻松。

随着季节由春入夏，麦克斯开始说话了——真实生活中的用语夹杂着儿语，常令人喜不自胜。每天的大部分时间，丽娜都要和他聊天；夫妇俩都确信这孩子智力超常。

一天下午，风和日丽，丽娜突然想起他们结婚的日子——真不敢相信，这已经是第四个年头了！于是，她把麦克斯放在一辆最新流行的童车里，推着他走向湖滨大道南段旁边的公园。现在，湖滨大道的南北两段连为一体，路上的车辆行人当然比以前多得多了，他们小心翼翼地穿过马路。丽娜漫步走向 59 号大街附近的湖滨，铺一张毯子在沙滩上。她和麦克斯就在这儿建沙堡啊，把脚趾头伸进冰凉的湖水里啊，兴奋极了。

不久，麦克斯瞌睡来了，丽娜只好把他放在毯子上，自己也躺在旁边。

丽娜肯定也睡着了，因为她后来记得的下一件事就是，阳光已经从西边的树丛中穿过来；一看表，足足睡了两个钟头。

于是她急忙唤醒麦克斯，可他还要去玩玩湖水；丽娜只好抓紧他的手又一次走到湖边；过了一会儿才把他放进童车，踏上了回家之路。

就在从沙滩回到 57 号大街的途中，丽娜突然感到有人跟踪她！她猛地转身，却见不到任何人，不禁眉头一皱。麦克斯不断说话，她只好集中注意力回应麦克斯，并继续前行。跨过 57 号大街进入人行道以后，那种感觉就更加强烈。她再次突然转身——只见一个人影闪进了两栋建筑之间。的确有人在跟踪自己！

可那会是谁呢？海德公园一直是芝加哥最安全的小区之一呀！她不由得推着童车加快了步子，这使得麦克斯哭了起来。她只好哄着麦克斯，说是在沙滩上睡得太久，快赶不上晚饭了。麦克斯好像听懂了，因为他停止了哭闹。

经过海德公园那些店铺时，那种感觉减弱了，但她还是不敢掉以轻心——东瞧瞧，西望望，似乎并没人注意自己。她强迫自己进入肉店，买了一些烤小牛肉。再过去两道门就是菜市场，她又去买了一些小土豆和一些新鲜的青豆；最后一刻，又加上几个熟了的西红柿。

回到家，她立即把门反锁好——平时极少这样做；她打开收音机，播的全是战争，简直没有好消息。她一边做晚饭，一边琢磨着究竟是谁在跟踪自己，目的何在；可以肯定那是一个男人，因为她瞥见了一闪而过的黑色长裤和条纹衬衫。

卡尔一回到家，她就说了这事。

卡尔双眉紧皱："你一点儿都不知道那是谁？"

她摇摇头。

卡尔面色凝重，似乎非常认真严肃地思考此事；然后抬起头来，问道："你能肯定有人跟踪你？"

她一下子就火了："那还用说！你以为这都是我编出来的？"

"当然不是。但我无法相信有什么特殊目的。或许是某个街头混混想抢劫。"

她再次摇了摇头："但他并没有靠近我的提包。"

"那我就想不出来了。亲爱的，还是忘了这事吧。也可能是……"卡尔耸耸肩，"恶作剧？误会？"

"如果再次发生呢？"

“那就一定要弄清此事。”卡尔语气坚定。

她只好闭上了嘴巴。

第 11 章

1941 年，芝加哥。

12 月 7 日，星期天，寒风刺骨。

这一天改变了一切。

丽娜和卡尔把麦克斯放到床上去小睡一会儿。丽娜想要做一些土豆饼，准备一周以后的光明节[①]享用，而且满心期待着麦克斯今年能够懂一点儿节日的意义。

卡尔今天在家工作。本来不应该把任何资料带回家来的，当然他并没和丽娜谈起工作的任何内容，丽娜也不过问。可要是不这样，丽娜母子就一直见不着他——他实在是太忙了。还在 7 月份，英国的一份报告就明确地指出，核炸弹完全可能研制出来。——英国人已经领先了。

---

① 光明节，又名修殿节、灯节，犹太教节日，为期八天。

英国人的热情促使美国人重新分析他们的发现。11月份，康普顿领导的委员会得出结论：2公斤—100公斤的铀-235产生的临界质量[①]将会产生威力巨大的核裂变炸弹，成本约5000万—1亿美元。

丽娜当时在切洋葱，洋葱的香气闻起来很舒服；她打开了收音机。当时正在播放熊队[②]主场的橄榄球赛；大约1:30的样子，球赛突然中断，插播新闻——日本偷袭珍珠港，轰炸美军太平洋舰队！丽娜惊得捂住了嘴巴。卡尔也停止了工作，呆呆地听着收音机直到深夜。近20艘军舰、200架飞机被炸毁，其中包括8艘大型战舰；死亡两千多陆、海军人员，还有两千多伤员。

第二天，富兰克林·罗斯福总统在国会发表了一个简短的演讲，称12月7日是“一个臭名昭著的日子”；不到一个小时，美国就向日本宣战；三天以后，向德国宣战。

丽娜立即陷入了无穷无尽的忧虑之中；美国当然是正义一方，但人们的生活会有什么变化就说不准了。她知道形势有可能瞬间发生变化，而且的确

---

① 临界质量，维持核子链式反应所需的裂变材料质量。

② 即芝加哥橄榄球队。

如此。欧洲的一系列反犹太人法，自己逃离德国，失去约瑟夫，父母杳无音信，“水晶之夜”的暴行——一幕幕浮现在眼前。她只能听天由命，犹如一个在球网两端被打过来又打过去的网球，完全身不由己。她和卡尔、麦克斯好不容易建立起来的安全感栖息于随风飘摇的历史羽毛上，哪怕是最轻微的变化也能把这一切全都击得粉碎。

讽刺的是，她的心情却与其他人不同。那些美国人举国狂躁，虚张声势，似乎如释重负，兴奋激动，一出战便马到成功似的；酒吧里常能听到“揍扁日本鬼子”，到处都谈论着“把日本人当野兽一般猎杀”——歧视日裔美国人的浪潮开始了。

日本的一切均遭抵制——餐馆纷纷关门停业，商店橱窗到处被砸。中国城里的欢呼声、起哄声此起彼伏——华人是日本人的死对头。丽娜不由得联想起自己在德国的遭遇，尽管还没那么严重。她一想到战争就极为恐惧，但对这些普通的日本人却恨不起来。

形势继续升温，丽娜日渐沉默与担忧，预感将有厄运来临，每天寝食不宁、坐立不安；甚至连麦克斯也感染了这种情绪，脾气变得暴躁乖戾起来

一周以后，预感果然应验。

那一天，早上阳光灿烂而温和——这在 12 月的芝加哥极为罕见；不久变成了雨夹雪，路面光滑，结起一层薄冰。到了傍晚，积雪已达两英尺[①]。道路像覆盖着白色的裹尸布。下班后，卡尔通常步行回家。可那天早上出门时，他既没穿靴子，又没戴围巾。

珍珠港事件以来，卡尔极少在午夜以前到家，所以丽娜没有等他，独自去睡了。

几小时以后，她醒来，一摸身边，卡尔还是不在；一看时间，已是凌晨一点。平常，若是回家很晚，或是要在办公室过夜，卡尔总要打个电话说一声，可这次没打。看了一眼窗外，那雪下得正紧。可能他就在系里过夜了吧。

一阵响个不停的门铃声惊醒了她——一看钟，凌晨三点。难道卡尔忘了带钥匙？从未有过此事。她裹紧睡袍从门上的小孔看出去。

门外站着两个警官，在雪地里跺着双脚。她顿时脉搏狂跳，耳如雷鸣，仿佛有雷霆击穿了双手、胸腔和头部——连呼吸都很困难。他们要干什么？是来抓她的吗？还是来抓卡尔的？他们究竟为何而

---

① 两英尺：约 61 公分。

来？

一瞬间，好似回到了纳粹德国。但这儿的确是美国。卡尔曾建议她准备一支枪在家里，但她不同意，说这儿很安全。那时，甚至一想起家藏武器就觉得可笑。此刻，是否可笑就难说了。

她把门开了一条缝，双手不住颤抖。

“什么事？”她的声音嘶哑而低沉。

“你是斯特恩太太吗？”

她咽下一口唾液，点了点头。

“我是奥格雷迪警官，这是我的搭档梅武德。可以进屋吗？”

“你们想要什么？”

“你丈夫的事，我们必须和你谈谈。”

她胃部一阵痉挛，重重地靠在门上。突然之间，她只想匆匆跑回床上，把被子蒙在头上。

“求求你，夫人，请打开门好吗？”奥格雷迪有些犹豫，似乎知道她很害怕，“我们不会伤害你。”

她打量了一番这两个警官。外套、靴子、手套，好像没拿武器。实际上，奥格雷迪已经摘下了帽子，帽子边缘融化着雪花。丽娜把门开大了一些。

“谢谢你，夫人。”他俩进来，刚好站在了门廊里。她关上门，就站在门口。

“斯特恩夫人，恐怕我们带来了坏消息。”

脑袋好像被一根钢箍子箍了起来。

“卡尔·斯特恩就是你丈夫？”

她点点头。

奥格雷迪一个深呼吸，像是一声叹息。

“我们去处理一桩电话报警的交通事故，肇事车早已逃逸。就在 57 号大街。”

钢箍子箍得更紧了——双脚如同在地板上生了根。

“约一小时前，你丈夫在 57 号大街向东行走，我们相信他是从学校出来。这——”

“究竟怎么啦？”丽娜插话道。

奥格雷迪目光下垂，再移开，然后迎着丽娜的目光。

“你丈夫被一辆汽车撞倒在地，准是在冰上失去了控制，肇事车的一侧撞到了他。很遗憾，斯特恩夫人，他没能挺过来，已经去世。”

第12章

1942年1月，芝加哥。

这是上帝对我的惩罚，丽娜想。肯定是。准是上帝曾经规定，我的幸福只能很短。难道是因为我和约瑟夫曾躲在动物园那棵树后面偷偷接吻？还是因为爸妈显然已经遭难而我却活得如此滋润？还是多年来我一直不大相信上帝？我努力工作，只是要创造自己的生活，自己的幸福。如今才明白，上帝对我并不满意。

葬礼上，悲痛如浓雾般笼罩她的心灵，好不容易才熬过去，下葬时也是如此。厄休拉操办了七日丧期——人们来来去去长达七天。康普顿来了几次，坐在她身边，握着她的手。丽娜记不得康普顿跟她说了些什么，能回忆起的只有他的眼镜镜片上反射着屋里的灯光。系里的德国研究生——现在是科学家——都来了，来的还有她的朋友，就是数学系的邦妮，还有一些认识卡尔的人，但她并不认识。

麦克斯还不明白爸爸去了哪儿。他说，爸爸肯定躲起来了，于是就去寻找，找遍床下面、壁橱里、门背后，都没找到，就不停地追问爸爸什么时候回来。他有一次甚至问道："爸爸去打仗了吗？"

丽娜惊得嘴巴大张。麦克斯还不满3岁，怎么能够把战争与他父亲的消失联系起来？她试图给儿子解释。

"不是，宝贝儿；爸爸去了天国。"

"什么时候回来呢？"

她顿觉喉咙里堵了一大块，堵得她快要窒息："不回来了。"

她抱起麦克斯，紧紧抱着。同时，也不由得想到，她的人生是如何被这些巨大的恐怖事件标上了记号的。二战爆发几天以后，麦克斯出世；珍珠港事件几天以后，卡尔就去世了。下一次呢？

奥格雷迪警官和梅武德没来，来的是另外两人；其中一人介绍自己名叫拉尼尔，是FBI的特工。丽娜一下子惊呆了。拉尼尔大约四十来岁，矮壮结实，一头细细的金发。

"FBI？你们怎么会管这事？"

拉尼尔微笑道："例行公事。我们密切关注实验室每一个人。”

“为什么？”丽娜问道。

“因为那里的情况非常特殊。”他答道，语气亲和。

丽娜没有回应。

拉尼尔接着说，他们详细调查了附近这一带，但没人知道凌晨三点 57 号大街有车辆打滑的情况，那时人们都在被窝里。但他承诺，他会继续调查此事。丽娜看着他的眼睛，觉得他在撒谎。

这年底的节假日期间，丽娜觉得特别冷清；她还记得，她和卡尔以及其他几位物理学家是如何度过往年的除夕之夜的：到卢普区[1]去听爵士乐和摇摆舞音乐，跳舞跳到半夜。可今年呢？厄休拉送了一些鸡肉和紫甘蓝过来，丽娜碰都没碰一下。

两周以后，厄休拉又来了。正午已过了好久，可丽娜还没有心思穿好衣服，也没给麦克斯穿好。厄休拉像通常一样干脆利落，立即帮着母子俩洗澡穿衣服，然后清洁房间，并做好茶点。

在餐桌前就座以后，厄休拉一边搅拌着茶杯里的糖粉，一边问道：

① 卢普区，芝加哥的中央商务区，最繁华热闹之处。

“丽娜，亲爱的，下一步怎么打算的？”

丽娜抬起头来，不断眨眼，试图看得更清楚一些；然后耸了耸肩。

厄休拉点点头：“我能理解，你这一段日子犹如地狱里走了一遭。不过，确实应该考虑考虑将来的生活了。”

丽娜搜寻着答案，可是厄休拉讲的似乎是一种外语；她简直不知该说些什么。

厄休拉接着道：“卡尔走了已经三十多天，我知道你还在悲痛之中，但现在是时候振作起来、恢复正常的生活了。”

丽娜嘴唇紧闭。

“现在的经济状况如何？”

“勉强度日。”

“那么，”厄休拉严肃地说，“你就该回去上班了。”

“怎么去？麦克斯怎么办？”

“可以找个保姆；或许可以问问楼上那位女士，就是她的孙子每周都要来的那一位。”

麦克纳提太太，脸膛黑红，白发飘飞，就住楼上。麦克纳提一见到麦克斯，总要对这男孩眨眼，老是问丽娜这孩子怎么样。其实，丽娜记得，在七日丧期的无数面孔中，麦克纳提太太那关切的表情。丽娜还记得，她端下来一碗水果。是苹果，麦克斯最爱吃的。

“去哪儿上班？哪里挣得够我们母子的开销？还要支付保姆费？”

厄休拉盯着丽娜，沉默了片刻，然后抿紧嘴唇：“当然可以，你记得的。”

“记得什么？”

“康普顿教授呀。丧礼期间的一个晚上，他在你身边坐了很久，他说要是你想工作的话，原来的位置还等着你的。”

丽娜摇摇头——对那次谈话毫无印象。

“当时我就坐在你身边，正给你擦背。他甚至还说，他能理解你不能晚下班，因为有麦克斯。他说可以和你协商想出办法来的。当然，他们找了一个秘书代替你，但他说也可以再雇佣一个。”

第 13 章

1942 年 1 月，芝加哥。

于是丽娜就回到物理系上班。这里本来就不清闲，目前更是熙熙攘攘，气氛狂热而紧张。自从美国参战以来，每一天都是在与时间赛跑。

康普顿是负责人，领导着全美的核裂变实验。每一个实验，从恩里科·费米在纽约的哥伦比亚大学做的，到奥本海默[①]在加大伯克利分校做的，都有望走出一条制造原子弹的路子。丽娜和另一位秘书索尼娅，整天就不断地寄信——有时发电报——给那些科学家；把其他科学家做出的结论和分析打印出来，甚至与政府官员通信。对于和那么多著名科学家的信件往来，尽管是间接进行的，丽娜也极为兴

① 罗伯特·奥本海默（1904—1967），美国犹太人物理学家，被称为“原子弹之父”。

奋激动。渐渐地，她开始走出了悲伤的阴影。

此后不久，康普顿决定把一些研究集中到一处；他任命里奥·西拉得[①]负责物资筹措，并告诉西拉得，费米和其他科学家也要来芝加哥工作。他还趁机在斯塔格球场西边看台下面的壁球馆下面建了一个著名的“冶金实验室”[②]。正是在这个实验室里，他们进行了一系列石墨与铀的实验，用中子连续不断地轰击，就有可能——而且很有可能——产生链式反应。

回到家，丽娜也觉得日子恢复了正常。麦克斯与麦克纳提太太相处融洽，称她“M 太太”。

“他就想吃苹果。”M 太太说道。

“那也不一定是坏事呀。”丽娜笑道。

麦克纳提太太笑道：“他整天要不就是津津有味地啃着苹果，要不就是兴致盎然地玩着林肯积木[③]；我看呀，他长大了准会成为工程师，或者就是科学家呢。”

---

① 里奥·西拉得（1898—1964），美国核物理学家，原为匈牙利人。

② 又译作“梅特实验室”，美国阿贡国家实验室的前身，1942 年成立，是参与研制原子弹的“曼哈顿计划”的科研机构之一。

③ 林肯积木，美国儿童玩具品牌。

“就像他爸一样。”丽娜柔声说道。

下班以后，丽娜尽可能地和麦克斯待在一起；她还恳求麦克纳提太太让麦克斯白天多睡一会儿，她晚上在家才能和麦克斯多待一些时间。不过，尽管白天睡了长达三个小时，到了九点，麦克斯的小脑袋还是垂了下来，丽娜就对他哼唱一些德语摇篮曲——那是小时候从母亲那儿听来的，同时把他放上床盖好被子，然后自己倒头便睡着了。

然而丽娜的工资尚不足以完全支付食物、房租和保姆费，每周的欠债越来越多。好心肠的食品店老板让她无限期地赊账，麦克纳提太太也一样。丽娜还是担忧永远还不清欠款。她感到恐惧：总账一定会算，只是时间问题。

第 14 章

1942 年 4 月，芝加哥。

一个雨天的上午，刚好午餐前，电话响了，丽娜拿起听筒。康普顿一直在等费米打来电话，费米正在来芝加哥的途中。若是费米来的，丽娜就必须立即找康普顿接电话。然而，她听到的却是一个哭哭啼啼的女声，这声音明显极其痛苦，说了些什么却听不明白。

"喂，你谁呀？"

对方又哭了一阵，接着狠狠地吸了一口长气。

"拜托，究竟是谁呀？"

"斯——斯特恩太太，"对方抽抽搭搭地说，"我——梅布尔·麦克纳提。"

丽娜好一阵才回过神来；因为她俩一直相互称呼对方为斯特恩太太与 M 太太。

刚刚明白对方是谁，恐惧顿时窜过脊梁。

“什么事，麦克斯还好吧？”

“呃——警察来了。”

恐慌顿时涌起，立即穿透她全身。她开始颤抖起来，简直控制不住。

“警察？到底怎么回事？”

“斯特恩太太，我简直无法相信！”她声音沙哑，“我弄不懂——就是弄不懂是怎么回事。”

“麦克纳提太太！”丽娜大叫起来，声音大得索尼娅惊恐地抬起头来。

“麦克斯在哪儿？”

又一阵哭声充满耳鼓。丽娜跳了起来，用那只空手抓起皮包。电话里传来窸窸窣窣的声音，接着是一个深沉浑厚的男声：

“斯特恩太太，我是德尔加多警官，芝加哥警察局的。”

丽娜胃部痉挛起来，一阵恶心涌上喉头。

“你的孩子麦克斯遭人绑架。我们已派警车来接你。”

M 太太说，她带着麦克斯去了科学与工业博物馆，麦克斯最爱穿行于那儿的煤矿展区；童车也推着，以防麦克斯累了要坐。但那时麦克斯想要自己步行。平常外出时，她总是一手牵着麦克斯，不过今天上午，M太太要一手推车，一手打伞，就无法牵着麦克斯，只能和他走在一起；回家时刚刚走到拐进 57 号大街的转弯处，突然有人从后面冲上来猛推了 M 太太一把，随即抓起麦克斯就跑。

那人的行动如此突然而猛烈，M 太太被撞倒在地；她惊叫，麦克斯大哭；刚好一辆小车从后面减速靠近，只等那家伙拉开后车门，抱着孩子蹿了进去，随即飞速开走。

这一切来得太快，M 太太根本就没时间看清牌照。就算看清也没用。要查到该车在机动车管理处的记录，就算不需要几天，至少也得几个小时才行。M 太太只得跑回家报警。

丽娜记不得乘坐警车的情况，但 20 分钟以后，她已在自家客厅里和两名警官交谈。他们说，警方正在搜索该区域，同时梳理所有的线索来寻找麦克斯。

不过情况很不妙，因为他们不知那辆车的车型。麦克纳提太太只记得是一辆黑色轿车；既没有牌照，又没有对绑架者可靠的描述。当然，警方依旧在详细检查附近这一带，巡逻车停在 57 号大街盘查机动车驾驶者。还派人去询问博物馆的门卫与其他员工。麦克斯的照片已在警方传阅并到处张贴。

谁也不想再一次发生利奥波德与勒伯案[①]。

丽娜听着警官们的叙述，警官们的声音好像是从厚厚的毯子里传出来的，而且朦朦胧胧、似懂非懂。大脑的一角还在运转，也知道自己极为震惊，但不知道该怎么处理。她坐在沙发上，双手交叉而恭敬地放在双膝，似乎沉浸在一场钢琴音乐会之中。

联邦调查局特工拉尼尔——就是卡尔去世后来过的那位，半小时后也赶到了。M太太把她的经历又讲了一遍，其间好几次向丽娜扫了几眼，目光满含歉意。

M太太讲完以后，拉尼尔要丽娜待在家里，守着电话。“很可能要不了多久就会有好消息：绑架者打电话来要赎金。”

“可我没有钱，付不起。”这是拉尼尔来了以后她说的第一句话。

“但他们并不知道。他们很可能以为麦克纳提太太是全职保姆或家庭教师，你又住在海德公园林荫道里的一栋大房子里。这两点都是有钱人的标

---

① 利奥波德与勒伯是芝加哥大学的两个学生，两人于1924年绑架并杀害了14岁的罗伯特·弗兰克。

志。”

丽娜出了一声，不完全像是抽泣：“我只是学校里的秘书，收入只够买食品。”

“你在冶金实验室上班，对吗？”

“嗯，就是物理系。”

拉尼尔点了点头，似乎是在证实自己已经掌握的情况，然后换了个话题。他没有逼迫丽娜谈起工作情况，其实即便他问起，丽娜也不能说。她重返岗位时，签过严格的保密协议；对任何人都不能透露工作情况，包括政府官员。

那天下午，时间似乎凝固了。警察们走了以后，除了雨滴拍打窗户，极为安静。丽娜坐在沙发上一动不动。拉尼尔虽在，但极少开口。约莫五点，他说要回办公室，不过另一位探员会来。他临走前拉开门，明白无误地说：

“一接到绑匪的电话，立即通知我；他们当然要你不告诉任何人，但你必须这样做。我们会暗中行动，把孩子解救回来。”他停顿了一下，接着说，“斯特恩太太，我们有充分的理由认为，你的孩子定会平安回家。作案者不止一人，就表明有预谋；他们抓走麦克斯肯定有目的，可能就是为了钱。假如只是一人作案，那恐怕就是不祥的预兆。一定要信任我们。”

拉尼尔说完，轻轻关门而去。

信任？凭什么信任你？看着雨点斜斜地打着窗户，丽娜又一次觉得，难道她做了什么非常邪恶的事，才导致惩罚降落到自己身上？上帝啊，你为什么这样对我？

她缓慢地撑起身子，拖着沉重的步子进了厨房，拉开碗柜，取出一个高高的玻璃杯，装满了水；举杯喝了一半左右，然后仔细查看着水杯，接着一转身，猛地将杯子一扔；对面的墙壁顿时一声巨响，碎片与水花四溅，水流漫过地板。说来奇怪，那一声巨响居然令她有一种畅快的感觉！

第 15 章

拉尼尔刚走不久，电话铃就响了——而另一名 FBI 探员尚未到达；丽娜刚刚清扫完那些碎玻璃，这铃声真把她吓了一跳。她冲向电话，突然又踌躇起来。为何此刻打来？究竟是谁，时机拿捏得这么准——恰好屋里无他人？

“我断定侦探走了。”声音粗哑低沉；那个男人似乎嘴上捂着毛巾或毯子。

“你是谁？”

“你很想交谈的人。保姆走了吗？”

M 太太依然情绪异常，急需平静下来，早已上楼回家休息。

有人一直在监视自己家！丽娜一阵颤抖：“我——我独——自一人。”

“好！麦克斯在我们手里。他很好。我们想把他送回来。”

“谢天谢地！求求你们立刻带他回来。”

“一定。不过，我们想要一点儿回报。”

她胃部一阵绞痛；然后咬着嘴唇：“我没钱。”

听筒里传来笑声。笑声！

“我们知道。说实话，我们想帮你改变。”

“什么——你在说什么？”

“我们将补偿你的痛苦。上帝知道你已经有了自己的一份收益。”

“你怎么知道？你们究竟是什么人？我只想要回儿子！”

“你会的；不过，先得接受我们的提议。”

“什么提议？”

“几分钟以后，我们有人上门，他穿着警服，但不是警察。你得让他进门。明白了吗？”

“明白了，可是——”

“一旦你接受提议，麦克斯就会回家。”

“今晚？你们今晚送他回来？”

“对。他毫发无损。我们不想伤害他。”

“要是我不接受提议呢？要是我拒绝呢？”

“这主意可不好，丽娜——无论对你还是对麦克斯。”

丽娜开了门。进来这人毫无特色：中等身材、中等体重、不胖不瘦、褐色头发、牛角镜框眼镜；

唯一算得上特征的是一对超大的耳朵。他身穿警服，警徽别在胸前。要是以后必须描述此人，丽娜也只说得出这么多。

他进来就坐在沙发上，就是丽娜几分钟以前坐过的位置。丽娜拿起一张童毯，坐在了椅子上；此前她一直把那张毯子握在手里，因为那上面有麦克斯的体香。

“麦克斯还好吧？你们怎么对他的？”

那人清了清嗓子：“他很好。不过我只有几分钟时间。Frau Stern[①]；我们要的是，”他顿了顿，“消息。”他的口音清清楚楚。德国口音。南部的。很可能是巴伐利亚的。和表姑父赖因哈德的口音有点相似，雷根斯堡的。

丽娜双臂抱在胸前，用德语问道：“什么消息？”

那人飞快地眯了一下双眼。丽娜从他的眼神中看出，一般情况下，此人完全干得出极其残忍的事来。尽管屋里非常暖和，丽娜却又一次冷得打战。那人肯定看到了这一点，因为他出乎意料地露出了牙齿，丽娜假定这是他的笑容。

---

① 德语，斯特恩夫人。

“每天带点儿消息回来。”那人用英语答道。

丽娜一时答不出话来，她竭力思考那人为什么不用德语回答；然后把这想法放到了一边。如果那就是他们想要的，她还有什么选择？她只想要回儿子。“原来，你们要我出卖情报。”她用英语说道。

她所假定的笑容——并非真的笑容——散开了。“听说，你学什么都很快。”

“你们是哪一方的？”她问道。尽管真的没有必要，这事再明白不过了。“你们想要我为纳粹刺探情报？”

那人不置可否。

“我为什么要那样做？而且是在你们——他们对我所做的一切，对我的家人所做的一切，对我的人生所做的一切之后？我宁死也不愿帮助那些——你们这些——魔鬼！”

那人点了点头，似乎对她的反应并不吃惊：“我理解你的心情。但是，现在你真的只有一个问题需要考虑；如果不答应，就会永远也见不着你的儿子。”

她瞪着那人，然后垂下脑袋，双手抱头。先前忍住的眼泪此刻奔涌而出。自己的人生总是充斥着一连串无法掌控的事件，现在又多了一件！

假警察清了清嗓子："斯特恩夫人，时间紧迫，警察马上就要到了。"

又一次陷入困境，只能陪他玩下去了。她吸了一口童毯上的气味。没有了麦克斯，活着还有什么意思？上帝啊，求求你原谅我吧。随即又自嘲起来——根本就没有上帝！至少对我来说没有。这是再明显不过的。她眨了眨充满泪水的眼睛，看着远方。

"具体要我干什么？"

"日常工作中接触到的任何资料：信件、档案、理论分析、观察结果；如果可能的话，还有实验室的图片。美国人显然在研制原子武器，我们知道有好几种途径可以达到目的，也知道芝加哥正在试验其中的一种。我们需要知道那些科学家所知道的情况——他们的最新进展，我们也得知道。你要提供这些。"

"可要是被他们发现呢？"她强调说，"你们会帮我逃跑吗？给我和麦克斯找个藏身之处？"

那人又清了一下嗓子："我们理解这事不容易，也并非没有风险。时间一长，会有人怀疑你的行为，这非常可能。"

答案是否定的，她想。假如她暴露了，他们不会救她。只能靠自己。

“这正是我们慷慨补偿你的原因。”他又说，“每月 200 美元。”

丽娜惊得嘴巴都合不拢：好大一笔财富！再也不会为钱发愁。

“我们知道，自从你丈夫不合时宜地死亡以后，你的经济状况就一直都很糟糕。”

不合时宜？那是什么意思？丽娜仔细地看过去。那人依旧毫无表情，然后把头一偏：

“警告你一句，丽娜。别想摆脱我们，我们监视着你的一举一动，掌握着你的每一步；一旦踏上这条路，就没有回头的机会。”

丽娜恨透了这个人和这些话，但又不能去告发。她自己就是德国人，逃亡者。尽管她现在已经是美国公民，但这些日子，所有的德国人都受到怀疑。他们甚至有可能断定，她已经在进行间谍活动了。如果真是这样，那么，她和麦克斯会是什么命运？不，不能冒这个险。唉，真是陷入了困境！

那人看看手表。“我得走了。”他清清嗓子，“还有一件事：你得学一些谍报技术。”

“什么技术？”

“获取情报、传递情报、自身安全，等等。你要学会一些最基本的。我会教你。”

“你要教我做间谍？”

“我可不那么叫。”

“那你把这叫什么？”她知道自己的声音显得有些恼怒。她想要那人明白这一点。

“这只是避免冒险的方法，也避免我们自己冒险。”他迟疑了一下，说道，“那么，你究竟怎么办？”

丽娜双眼圆瞪，深深地吸了一口气，希望会使他不大舒服：“你让我别无选择！”

那人从夹克衫衣袋里掏出一个信封，打开后，点出 10 张面额 20 美元的纸币，放在了茶几上。

她的嘴巴再次张开。

“你不必送我到门口。明天开始训练。你的邮箱里将会出现一张纸条，纸条上有接头的时间地点。”

丽娜收起钞票：“既然我们要一起工作，你的名字呢？”

“你可叫我汉斯。”

她点点头：“麦克斯呢，汉斯？”

汉斯站起来说道：“很快就会让他下车。”

承诺果然兑现。十分钟以后，蜂鸣器响了。丽娜冲下台阶。打开前门，只见一辆小车开走；麦克斯站在路边，一手握着气球，另一手拿着一只樱桃红棒棒糖；嘴唇已经染红，似乎吮吸棒棒糖已经有几个小时了。

“嘿，妈妈。”他咧嘴笑。

丽娜紧紧地抱着他。

第 16 章

一周以后，汉斯对丽娜说："美国人什么都怀疑，但一定怀疑不到你头上。"

其时为周六上午，微风轻拂，空气清新。他俩沿着卢普区的国家大道[①]快步行走。时间尚早，阳光斜斜地穿过一栋栋大楼，在商店橱窗的玻璃上闪烁跳荡，令人心情开朗。

"任何时候，你都得注意周围的环境、周围的情况，注意周围的人。警惕有可能危及你安全的人和事。那些事有的可能很小，无足轻重，而且很可能是一件毫不相干的事。"他停下来，接着又说，"例如，刚才过去那个女人的裙子是什么颜色的？"

汉斯的步子既大又快，丽娜集中精神才能跟上，根本就不知道什么裙子。"不知道。"

---

① 又译作州街，是芝加哥最繁华热闹的卢普区的起点。

“转身看看。”

她照办。浅蓝色。她转回来。

“那双鞋呢？”

丽娜一下子情绪低落。匆匆忙忙走在大街上，要确保不会和来人相撞是一回事，要记住来人穿什么鞋却完全是另一回事。

“黑色的。”汉斯说，“她擦没擦香水？”

丽娜耸耸肩。

似乎了解她的心思，汉斯继续道：“擦了的。不过别着急，你能学会的。关键在于，为了保持警惕，你得事事留心……要让人们觉得他们并不安全。你的安全至关重要。假如某事太过冒险，假如觉得被人盯梢，就得立即取消行动，另想办法来完成任务。”

丽娜已被汉斯训练了五天；尽管每天都很想早点儿回家陪着儿子，下班后依然不得不去跟汉斯训练，今天也一样。训练分为几个科目。今天是监视课。汉斯教她如何辨别是否被人跟踪，同时也向她示范如何跟踪他人；尽管汉斯也承认这一条很可能对她没多少用。她的基本任务就是提供冶金实验室的研究资料及其进展情况。不过，汉斯说，她还是应该熟悉一些基本的间谍技能。

联络方式已经确定。丽娜需买一盆花放在窗台上作为信号，有时移到左边，有时移到右边，或表示接头，或表示某物已放到了秘密情报传递点。同时汉斯也教她辨识留给她的暗号：如何跟踪粉笔记号、玻璃瓶盖或电线杆上的大头钉，等等；另外，丽娜所在的街区里有两个秘密情报传递点，她可以把胶卷和文件就放在这两处。丽娜暗暗吃惊：自己居然从未注意到！而且，这才是重点。汉斯还教她如何从报纸上的分类广告中找到编码信息以及如何破译。此刻，她的大脑已开始眩晕。

"那些都是些简单的方法。"汉斯提醒她。他们沿着国家大道继续前行，边走边说。下一个领域，就是掌握一些工具，汉斯接着说："显然你需要一个相机来对那些装置和文件拍照。"

丽娜皱起了眉头："可是，怎么——"

汉斯打断她的话："我们当然想拿到原件，但就你的情况而言，这不现实。照片就行了。每一次你拍了照，都可把胶卷放到情报传递点。"

"要是没机会拍照呢？"

"你想得出办法来。上班早到，下班晚走。"

"大家都是那样的。"

"那就更早些到，更晚些走。周末也去。"

“怎么把胶卷带出办公室呢？”

汉斯挥了挥手：“你的手提包、公文包。你会想出办法的。”

“我不带公文包；开始带公文包好像是炫耀自己，会引人注目。”

“那就随机应变。食品杂货袋啊，衣服口袋啊什么的。听着，”汉斯停下步子，掏出钱包，取出一张 20 美元的钞票。“去马歇尔·菲尔兹[1]买一个新的手提包，大的那种。”

丽娜趁机问道：“相机呢？”

汉斯笑道：“学得挺快。当然会给你。快进店去，我等着。”

当时他俩站在国家大道与伦道夫大街相交之处的钟楼下面。丽娜朝商店入口走去；突然，她转身返回：“手枪呢？”

“枪？你要枪？”

她点点头。

“没有枪。”

她转身进了菲尔兹。

---

① 芝加哥的高档百货商店，2005 年并入梅西百货。

第 17 章

这次事故以后，FBI 特工拉尼尔每天都要来两趟，这让丽娜非常懊恼。拉尼尔说，他想不明白——究竟是谁绑架了麦克斯，却没提要求就送了回来。

汉斯曾教丽娜如何回答；于是丽娜背诵道：“我就是想不通呢。你怎么想的？”

“就像我说过的，弄不懂。我真的以为就是一桩普通的绑架勒索案。”

“拉尼尔探长，”丽娜笑道，“或许你干得很好，超过了你自己的想象。或许绑架者知道他们拿不走赎金。”她飞快地说，“只要麦克斯回来，我就感激不尽；我不想再提起那件事了，尤其是丈夫才去世不久。”她吞咽了一下，咬住嘴唇；似乎竭力忍住眼泪，不让眼泪掉下来。

拉尼尔挠了一下自己的脸颊：“对，应该考虑这个因素。我倒很想知道这两件事之间是否有联系。”

丽娜顿时面无血色。

“哎呀，对不起！别伤心，斯特恩太太。我相信，你也有过这种猜测吧。”

她一时回答不出；过了片刻才说：“当然有过。可什么样的联系呢？目的又是什么呢？”

拉尼尔头一偏：“我原本希望你能告诉我。”

“你一定记得，我失去了父母，失去了祖国，失去了丈夫；然后，差点儿失去了儿子。”她摇摇头，“拉尼尔探长，再失去儿子，我也活不下去了。”

过了好一阵，拉尼尔才点点头：“我能理解，也不再提此事。不过，我想要——”

“什么？”

“我想，我们算是彼此认识、可以直接称呼名字，好吗？我叫特德，不过大家都叫我特里。”

丽娜笑道：“丽娜。”

“这是我的名片；如有任何需要，尽管拨打电话。”

关于麦克斯被绑架一事，汉斯编了一个故事，教丽娜在冶金实验室敷衍同事们。丽娜便说，其实麦克斯并未遭人绑架，他只是到处闲逛而离开了 M 太太，结果就迷路了；后来，一个好心人发现了他，就送他回了家。

大家好像都信以为真了，丽娜却深感内疚。卡尔去世以后，康普顿特意重新聘用丽娜，为方便她能多陪伴儿子，专门为她调整作息时间；甚至留用索尼娅分担原本是一个秘书的工作。而她是怎么回报的呢？——谎言与伪装！

的的确确，她每一次想起自己的行为，心里就一阵难过。但是，看到自己的钞票以每周 50 美元的速度迅速地增加，心情就大不同了。她开始还清了食品杂货店的欠账，付清了房租——这还是卡尔去世后第一次；甚至还有点儿结余能大手大脚地花在麦克斯身上。她渐渐变得离不开这笔收入，并且开始用另一种眼光来看待自己的工作。她所经手或见到的每一样东西，都要考虑是否可以拍照，凭着这些照片可以拿到多少报酬。

窥探到实验室里的情况并不困难。每天都有大动作。费米现在芝加哥与格伦·西博格[①]、利奥·奇拉得一道工作；另外一个名叫布什的是康普顿和总统之间的联络人。

她拍照的第一份文件是布什给康普顿的一封

① 格伦·西博格（1912—1999），美国著名核化学家，1951 年诺贝尔化学奖获得者之一。

信，有关陆军工程师兵团的，不管什么武器发明出来，都由该兵团制造，其中提到几名军官是主要联系人。她清楚汉斯及其同伙想知道这几位军官是谁。汉斯给了她一台美乐时[①]微型照相机，大小及形状犹如一把小梳子，适合藏在提包或衣袋里，使用极为方便并且效果极佳。汉斯说，这是德国人设计制作的。

几天之后的一个下午，大雨滂沱，丽娜不禁窃喜。她跟索尼娅说，忘记带伞来，要待到雨停了才走。“你知道的，芝加哥的天气真是变化莫测。”

“就用我的吧，我姐姐要来接我，我和她合打一把伞就行了。”

丽娜心里一阵发紧，脉搏加快：“哦，不用。反正我还有事情要做。”

索尼娅看了她一眼，笑道：“那么，我还是给你留下，明天带来就是了。”

丽娜咬着嘴唇：“谢谢。”她成功了。但愿自己的声音听起来依然正常——其实内心波涛汹涌。自己的话是否太不领情？把别人的好意太不当回事？引

---

① 美乐时，德国相机品牌，1938 年即推出超小型相机，其体积小于一支雪茄，重量轻于一个打火机。

起索尼娅怀疑了吗？怀疑自己是某种间谍？第一次行动，就担忧自己会暴露。要是每一次和同事说话都这么紧张，这日子还怎么过下去？然而，要是去自首，汉斯及其同伙会怎样对付麦克斯呢？

只要那伙人还在，儿子就不可能逃脱他们的魔掌，无论“他们”是谁。而且，丽娜确信“他们”是纳粹。她只能闭嘴。

直到晚上九点，办公室里才只剩她一人。除了荧光灯的嗡嗡声和雨滴打着玻璃窗户的声音，安静极了。她又等了一分钟，才走向那一排档案柜——就在她与索尼娅的那两张办公桌后面。档案柜是锁着的，但她与索尼娅都有钥匙。她开了最近的柜子，拉开最上层的抽屉。文件按时间顺序归档，布什给康普顿的信就在最前面。她先把那封信放在柜子顶部，然后好好想了一下，再把它拿回到了自己的办公桌上。

然后她从提包里轻轻摸出美乐时，停下来，仔细倾听有无动静。什么也没有——除了自己的恐惧！双手抖得厉害，一封信拍了六次才拍成功。完事后，相机丢进包里，急匆匆把信放回去，重新锁好档案柜，抓起提包就冲了出去。

尽管还下着雨，她一路狂奔的速度创了纪录！

快要到家时，突然想起索尼娅的雨伞还在办公室——恐惧顿起，全身冰冷！怎么办？总不能撒谎说雨停了才走的吧，而且此刻雨依然不紧不慢地下着。可是，假如明天不能把伞带去，索尼娅可能会起疑心。宁可返回去也要安全。于是她拖着疲惫的步子回到系里去拿了雨伞，然后重新踏上回家的路。

进了前厅，她抖了抖伞上的雨滴，然后几乎是跑上台阶到了自家门口。

麦克斯睡得很沉，M太太在客厅里打着呼噜。丽娜踮着脚进了儿子的房间，在儿子额上吻了一下；又过了三十分钟，她的呼吸才恢复正常。

第 18 章

一个月之后，丽娜心里好受得多了，并且有时还觉得自己的行为情有可原；甚至还觉得找到了办法扫除生活的障碍，不仅不再听天由命，而且还能主动出击，把命运握在了自己手中，还享受着金钱带来的快乐。当然啦，接过纳粹的钞票给了她一种反常的满足感。她给自己和儿子买了新衣服，还为客厅预订了新的沙发和安乐椅。

一天早上她去上班时，穿着带有白色圆点图案的深蓝色连衣裙，系着一个大大的蝴蝶结。索尼娅一见，惊叹不已："嘿——嗬！嘿——嗬[①]！好一幅美丽的仙女图！"接着头一歪，"交了个新男友，还是……"

丽娜顿觉脸上发烫："当然不是。卡尔才走了六个月呢。"

---

① 爵士乐队发出的欢呼声。

索尼娅打量了她一番："哦，那么我想，我最好是向康普顿提议给我加薪，和你一样。"

丽娜从此牢记，上班时不能再穿新衣服。尽管她对自己新的挣钱本事暗暗自豪，但也同时因这钱的来源而感到羞愧。

碰见康普顿时她倍感难受：脉搏定会加快，脸也会发烫。她断定康普顿能一眼看穿她，并且等着她去坦白。她想象着海斯特·白兰[①]胸前戴着红字是什么感觉。于是，她常常下班就匆匆赶回家，紧紧抱着麦克斯，哭了起来。

到了 6 月份，汉斯才发了一个接头暗号。那是一个夏日的早上，阳光灿烂、空气清新，丽娜正走在上班的路上。通常，6 月总让她想起结婚纪念日而悲伤难忍，但今天，眼泪并未涌出。这种感觉的确很新鲜——满足感？难道这就是她所要的归属感吗？就为了拥有一个微不足道的美国梦？尽管世界上战火连天，尽管欧洲已在纳粹铁蹄之下呻吟，尽管形势那么严峻，她依然能有不错的生活来源。或许她应该用另一种思路来麻醉自己，假装自己的邪恶行为

---

① 海斯特·白兰，美国作家纳撒尼尔·霍桑（1804—1864）小说《红字》女主人公。

并不存在。

于是她陶醉于这个新的想法之中，心里翻来覆去地咀嚼这个想法，差点儿没注意到 57 号大街与科姆巴科大街拐角处的橘子皮。她一发现那个暗号，就紧闭双眼。根本假装不了！无论多么想把它当作是想象出来的，它依然是实实在在的暗号。

午饭时她告诉索尼娅，打算出去散散步，朝着科学与工业博物馆那边走走。

博物馆里，她漫步于大厅，赞叹于这个曾经的艺术殿堂高高的天花板和巨大的圆柱。三十年以前，西尔斯·罗巴克公司[①]的老板朱利叶斯·罗森沃德带着儿子在慕尼黑参观了一个博物馆，就想到回芝加哥来建一个类似的。罗森沃德一家在丽娜心中有着特殊的地位。老罗森沃德的儿子威廉在 20 世纪 30 年代中期组织人力物力，帮助大批德国犹太人移民美国。有些人的确坚持正义，她想。当然啦，他们既有钱又有本事。

正想着生活的礼仪是如何的让人吃惊，汉斯突然出现在她身边。汉斯挽着她的手臂，似乎他们是一对情侣，正要悄悄共度珍贵的一个小时。他们闲

---

① 美国最大的私人连锁商场。

逛到了侧厅，这儿只有工匠们在制作微型火车和村庄，准备圣诞节期间的庆祝活动。

“你还好吧，丽娜？”汉斯问道。

“很好。你呢？”她谨慎地答道。

“我很好。”汉斯微微一笑，“你有新任务，得优先完成。”

丽娜扬起眉毛。

“我们获悉，美国科学家正在努力建造链式反应堆来生产钚，然后从经过辐射的铀里面提取它，这样就能制造原子弹。我们要你把重点放在反应堆和要做的测试上面。”

丽娜吃惊不小，但试图掩饰：“你怎么知道的？”

“别这样，丽娜。你并非我们唯一的情报来源。”他笑道，“尽管你肯定是最有价值的。”

丽娜轻轻地吹了一口气。

“我们还知道，康普顿的首席工程师托马斯·摩尔领着一个小组，已经开始修建斯塔格球场西看台下面的反应堆了。”

“汉斯，告诉我‘我们’是谁？难道我证明自己还不够，还不能告诉我组里的其他人吗？”

汉斯举起一根指头紧贴嘴唇：“我们需要反应堆

的详细计划。”

丽娜迟疑了一下，然后说道：“我知道，我与魔鬼签了协议。但我也需要详细情况。这也可帮助我整理给你们的东西。”

“丽娜，咱们还是说正事。我们需要弄明白他们是如何建造反应堆的。”

“可这事不可能。我们根本不允许靠近。”

“肯定有设计图纸。”

“就算有，我和索尼娅也看不到。”

“那么，你就得想个办法去搞出来。”

“怎么搞？总不能破门而入吧？通宵都有卫兵守着。”

汉斯伸出那只空手紧紧握住丽娜的手：“你这个女人足智多谋，肯定会想出法子来的。”

第 19 章

与汉斯碰面以后，丽娜的心情坏到了极点。她觉得自己肮脏、卑鄙，还不如那些卖弄风骚的女子。自己实际上无异于纳粹的婊子——只不过是出卖情报而不是肉体罢了。可是，唉，命运如此，自己也同意了的呀！于是，接下来的几天里，她仔细观察冶金实验室的科学家，尤其是那些年轻的，琢磨着可以利用谁来当一个不知情的同伙。

她最终锁定了欧文·曼德尔。欧文腼腆谦恭，来自南边[①]，获得博士学位以后留校工作，就是操作反应堆的。她知道欧文通过了安全保密审查，有可能进入最高级别的机密重地。小伙子又高又瘦——瘦得皮包骨，脸上满是青春痘，一头黑黑的卷发蓬乱得像个鸟窝，一双大眼睛炯炯有神，然而总是一副羞怯的样子。

---

① 指芝加哥南边，为穷人区。

于是丽娜算好时间，确保欧文每天来时自己都在办公桌前，开始每天都给他一个欢快活泼的“早上好”与“晚安”。自然也就发生了简短的交谈，并发出了大量的微笑。过了两周，就在一次这样的交谈之后，她突然一阵恶心，急忙冲进卫生间。她已经不认识自己了——我究竟变成了什么人啊？

索尼娅跟了进去，满面愁容：“你脸色白得像卡斯珀[1]的鬼魂。出什么事了？”

丽娜摇摇头。

索尼娅眯起双眼。这可不是好兆头，必须更加谨慎。

两周以后，有了回报。她与欧文先是同饮咖啡，再是共进午餐，晚上相约去喝啤酒，就在她和卡尔以前常去的那家餐馆。丽娜总是把话题集中在物理和工作上。“我一直想要懂得多一些，”她说，“但一直没机会学习。你知道的，我从德国来的时候……”她有意让声音越来越低。

欧文认真地听着，不住点头。尽管他自己可能

---

① 西莫·雷特和乔·奥里奥罗为1939年要出的儿童故事书创作的卡通形象，1945年，派拉蒙电影公司以《鬼马小精灵》为题出品动画片，后来该形象又多次被搬上荧屏和银幕。

并没有意识到，他在丽娜面前的表现倒真的是无懈可击：勤奋努力的学者、善解疑难的老师、热情似火的追求者。丽娜断定，欧文从没如此接触过女人；每一次瞟向他一个微笑或用手指轻轻触碰他的手时，丽娜都会感到一阵内疚的刺痛；此刻正是这样。

欧文于是开始解释，从理论上说，钚是如何从铀里面分裂出来的。

"你在反应堆就是干这个的吗？"

"这只是其中一部分。你瞧，如果我们的实验能成功，就能制造出大量急需的东西。然后……"他皱了皱眉，"你知道的，我不应该和任何人说，对同事也不行。"

丽娜把目光移开："当然不应该。抱歉，我不是故意的——"话音弱了下去。

"怎么啦？"

她抬了一下肩，然后摇摇头："没什么。"

欧文眼神柔和："究竟什么事，丽娜？"

"我——我想亲眼见见反应堆。进去安全吗？"

"哦，那当然。"

"不会遭辐射，对吗？"

"绝对不会。"欧文笑了，"丽娜，说说看，你那么想看反应堆，究竟是为什么呀？”

她目光下垂：“就是——就是我们——我和你以及系里其他人——都将被载入史册。你现在所做的一切将永远地改变世界。”

欧文抱着双臂。

“我——想，就是想要分享这个小小的部分。我渴望着能看一下，哪怕几秒钟也好。”她瞟向欧文一个令人心碎的微笑，“不过，我能理解，你不能违反保密规定。”

欧文叹了一口气。然后，他左瞧瞧，右看看，似乎以为有人监视着他们。“我倒想带你去看看。”他说，“但不能冒那个险。”

丽娜点点头，似乎接受了他的决定。“咱们谈点别的，好吗？”她扫了一眼手表，“哎呀，都过 7 点了，我真的必须回家了。麦克斯和 M 太太会担心我呢。”

欧文俯身，越过餐桌亲吻她的面颊，她也轻轻抚摸欧文的脸庞：“你真是我今生最美好的相遇。”

“不嫌我是老太婆？”她笑道——其实只比欧文大三岁。

“开什么玩笑？系里那帮家伙都羡慕死了。”

“你说了我们俩的事？”她竭力装出满面娇

羞，“哎呀，不行。”

“我错了吗？”欧文一下子愁眉苦脸。

她一时语塞，然后一个娇滴滴的微笑：“我——我想——没错。”

两人起身，欧文紧紧抓住她的手：“走吧，我送你回家。”

“不必。”

“我知道。”

出了餐馆，欧文却转身向西，而不是向东；东边才是丽娜的住所。她拉着欧文的胳膊：“我们该走那边，欧文。”

欧文再次抓住她的手：“我们要去的地方绝不能提起，永远不能。明白吗？”

她心里猛地一跳！“明白，”她耳语道，“永远不会。”

他俩穿过了几个街区，走向斯塔格球场。

第 20 章

到了体育馆，他们绕到西边的角落。夏夜的空气湿热异常，才几分钟，汗水就包围了丽娜的脖子。她不停地用手巾擦拭眉上的汗珠。

“待在这儿。”欧文说道，随即闪了进去。

丽娜凝视着球场的砖砌外墙，大部分墙面都爬满了常青藤；每一个拐角处都高耸着一个塔楼，俨然守卫森严的城堡。一楼以上的窗户里面都遮着窗帘，底楼的窗户还覆盖着铁条。她一旦走进大门，就会发现自己处于球场中心，那些露天座位与瑞格利棒球场[①]看台布局相同。

这个露天球场是冰上橄榄球比赛场地，丽娜从没来过。她无论如何也想不通，一群粗鲁的年轻人相互打斗并把对方扔到地上这种野蛮行为，美国人为什么会称之为“体育运动”。如此野蛮，一点儿也

---

① 芝加哥瑞格利棒球场，建于1914年，美国历史上第二个棒球场。

不像欧洲那种文明的 football——或者，美国叫作 soccer[①]。丽娜只知道欧洲那种足球。

欧文出来了，小跑着穿过大街，向她伸出手来："赶快！"听上去气喘吁吁的。

"真的要去？"

欧文低头亲吻她。

她也回吻："你不会有麻烦？"

欧文笑道："有也值得。"

他俩穿过入口，下了一段阶梯，绕过一个拐角到了一扇关着的门前。门外无人。

"卫兵呢？"

欧文举起手掌示意她不要出声，接着摸出一把钥匙，一手开门，一手把她拉了进去。

丽娜也不清楚到底想看到什么。根据那些备忘录和信件，她知道这个堆里有着 771,000 磅石墨，80,590 磅氧化铀和 12,400 磅金属铀。建造成本 100 万美元，曾被描述为扁平的椭圆体，按照晶格原理建造，因为石墨作为块状的金属铀或氧化铀的缓和剂，既是反应单位又用来隔开其他物质形成晶格。

---

① Football 在英国、欧洲、中国都指的是足球，而在美国则是橄榄球，又称美式足球。美国人说的 soccer 才是我们所说的足球。

堆里堆外各种不同的点位都安放着仪器显示中子强度；吸附材料的移动条幅作为控制物。

但那都是些抽象的定义。此刻她看到的是一个房间，以前是壁球室，宽约 25 英尺，天花板高 20 英尺。一端有一个精巧的装置从地面上升到天花板。这个装置大部分由砖头建成，中心是一道砖墙，上面是阶梯形的砖“堆”，堆上的每一梯都比它下面要缩进去一些。堆上的天花板看上去是用衬垫做成的，不过丽娜知道其实并非如此。她从打印过的信件中知道，那些砖后面，就是成吨的石墨、氧化铀和金属铀。

一个长长的像水龙头一样的东西从砖堆的最下部凸出来。但是丽娜并不知道是否会有水流出。一架梯子斜靠着砖墙。那个装置的右边有一些台阶；另一边是一道厚厚的帘子把砖与屋子的其余部分隔开。旁边是一连串的小隔间，隔板约高 12 英尺，每间里面都有一些奇形怪状的设备，那些设备她一个都认不出来。

欧文注视着丽娜凝视那个装置时瞪大眼睛的惊愕神情，问道：“感觉如何？”

“我——说不出来，也不知道期待着什么。其实，看上去很温和。除了 1 号堆，你们还把它叫什么？它会成为炸弹吗？”

“这是核反应堆，与炸弹大不相同。”他的语气带着一丝自豪。

丽娜皱起了眉头：“那么，为什么要建造它呢？我的意思是，它有什么用呢？”

“要给你解释清楚，恐怕得花上整整一个学期。”他说，“这么说吧，一个炸弹需要巨量的可裂变物质，这就是我们目前努力在做的——快速地制造大量的可裂变物质。”

“你们是怎样做的呢？”她接着问，居然真的有了兴趣。

“这正是我们在解决的问题。我们认为，必须创造一种链式反应，来从根本上‘烹煮’铀并且产生能量；‘烹煮’期间会形成钚，造炸弹离不开钚。一旦冷却下来，就要把钚从铀里面分离出来。但是钚的辐射非常厉害，因此必须建造机器来做这事，遥控处理。”

“听不懂。”

欧文笑道：“正常嘛。不过你瞧，全国还有很多科学家在用另外的机器做这种试验。大家都在竞赛，看哪个团队首先搞出来。当然啦，我觉得肯定是我们。”欧文有点儿自豪地说道。

室外传来脚步声，欧文双眼大瞪："卫兵回来了，赶快出去!"随即抓起丽娜的手，冲向拐角处的阶梯。"跟紧我!"

20 分钟后终于回到了家，长长的晚安吻别之后，丽娜开始勾画反应堆的示意图。她竭力回忆，要保证包括所有的细节；快要完工时，突然，电话铃响了。

"丽娜？我是厄休拉。"

"哦，你还好吧？赖因哈德也好吧？"

"我们都很好。不过，今天有个坏消息。"

丽娜一下子僵住了。

"收到一封柏林朋友的来信，说你父母去年被驱赶到了东边。"

丽娜紧闭双眼："具体在哪儿？"

"谁知道啊？传言说是波兰某处。"

丽娜点了点头。她偶尔去了一次卡姆以赛亚以色列犹太教会堂，拉比[①]对会众说起过欧洲犹太人的真实处境。

厄休拉停顿了一下，接着说："你要有思想准备，亲爱的，你肯定也听说了纳粹的最终解决方

---

① 犹太教学者、犹太教教士。

案[①]。你爸妈的命运几乎肯定了。我非常难过。”

丽娜一时说不出话来。最后才说：“知道了；谢谢你，厄休拉。”然后轻轻地把听筒放回机架，似乎任何多余的响声都可把电话机击成碎片。

丽娜回到桌前，看着反应堆草图，真想一把撕它个粉碎，就给汉斯说没能完成任务。然而，盯着这张图纸片刻之后，突然计上心来——给他们假情报，把图纸做一些改动，但不能改得太多，因为汉斯说过他们还有另外的情报来源。不过，自己很可能才是唯一亲眼见到过反应堆的。于是，她恰到好处地修改了图纸，删除了水龙头，旁边的“小隔间”以及天花板上的衬垫材料。

第二天一早上班途中，她在多切斯特大街一处齐腰高的石墙上找到了一处裂缝，这是她主要的胶卷传递点；不过这张图纸装在了一个白色信封里，信封太大，路人明显可见；一边装作拂去自己身上的灰尘，一边扫视左右两方。没人过来。于是漫不经心地把信封放回皮包走回家去。拉开客厅窗帘，打开窗子，把种着三色紫罗兰的花盆移到了窗台的

---

① 1942年1月20，纳粹头目在柏林开会通过了屠杀犹太人的《最终解决方案》，又被称为“种族灭绝方案”。

另一边。

下班以后，汉斯来到她家。天气闷热无比，阴影处也酷热难耐；丽娜腋窝里的汗珠儿不停地冒出，宽松的衬衣上汗迹斑斑。然而，汉斯到来时，却穿着羊毛夹克衫。丽娜正要问他为何如此自虐，但见他把信封塞进里面的衣袋，顿时明白。

第二天上班途中，丽娜在 57 号大街上边走边想着和欧文断绝关系。当然，她的任务已经完成；不过，欧文并不知道自己一直被她利用，甚至鼓起勇气约她出去看电影。她也曾礼貌地婉拒，说是需要多花时间陪陪儿子——这句话倒是真的。儿子就是她人生的全部意义。她目前所做的不正是首先考虑到儿子吗？她只需对欧文说，自己还没准备好那种关系——反正，犹太人的哀悼期通常是持续一年。她正演练着如何对欧文说出口，突然涌起一股奇怪的感觉。

有人跟踪！

她猛然转身，只见一辆黑色轿车缓缓而来，只在几码开外；目光扫到车头挂牌照处，却无牌照——顿时惊恐万分，每一根神经都绷得紧紧。她竭力回忆汉斯说的甩掉尾巴的招数。幸好前面有条小巷，她立即跑进去，然后突然转身想再看看那辆车及其司机。那司机是个男子，头戴草帽和太阳镜，看不到面部特征，然而头部及脸型却有几分眼熟；不过，她就是想不出是谁。轿车在下一个拐弯处向右转，随即从视线里消失。

第 21 章

1942 年，8 月至 9 月。

8 月份，冶金实验室分离出了少量的钚。这是一个重大的进展，全系都传开了。这就表明的确有可能从铀里面分离出钚，就可以投入生产来制造炸弹。冶金实验室的研究大有前途。与此同时，恩里科·费米团队继续着产生链式反应的试验。

丽娜把这个消息传给了汉斯。最近汉斯陶醉于丽娜画的那张反应堆图纸，似乎每一个新的进展都让他着迷。丽娜也告诉他，制造原子弹及其所需材料的地点并不在芝加哥，已经选址于田纳西州的克林其河畔，并已交给一家私人公司来生产，该公司直接与军方打交道。政府将在芝加哥建一座实验用的反应堆，就在郊外的阿贡自然保护区，但冶金实验室并非该设施的经营者，那些科研人员依然不变，照常上班。人们极其担忧会发生事故，因为这儿已经成了潜在的核辐射污染区。

9 月，军方任命莱斯利·格罗夫斯上校负责“曼哈顿计划”，也就是制造原子弹。格罗夫斯毕业于西点军校，时为陆军工程兵团建筑部副部长，曾当过华盛顿五角大楼建筑工程的质量监督。格罗夫斯上任以后，明确宣布年底就要做出决定，将实验室的研究成果用于制造原子弹。

丽娜尽职尽责地向汉斯报告了这个消息。汉斯偶尔会与她在黑色福特里碰头，车子绕着城南一带逛一逛；其他时候都是在咖啡馆见面，每次地点都不同。这次他带着丽娜开车去共进晚餐，进去后靠吧台而坐。丽娜点了冰茶，汉斯点的是巧克力奶昔；一个陌生面孔、带着白色鸭舌帽的男服务生过来收了他俩点的菜单。丽娜把手肘靠在吧台上，看着那服务生制作奶昔。

“你们是不是还有一辆黑色的轿车或类似的？”

汉斯皱起了眉头，过了好一阵才回答。他摇摇头：“没有。怎么会想起问这个？”

“有人开着一辆黑色轿车跟踪我，可我不知道那是什么牌子的。”

“什么时候？”

“大约一周以前。”

“地点呢？”

“57 号大街。早上。我上班途中。”

汉斯皱起眉头：“看见那人是谁了吗？”

丽娜摇摇头：“他戴着太阳镜和草帽。”

汉斯双手摊开：“我也想不明白。”

丽娜想了想，说道：“那人有点儿眼熟，但我想不起在哪儿见过他。”

汉斯耸耸肩，笑道：“或许他只是想追逐一个风韵迷人的美女吧。”但那笑容像是被迫做出的。

刚才那服务生给他俩端来了饮料。丽娜伸手取了一根吸管，开始小口喝茶。在他们一起“工作”的这几个月里，汉斯从未对她有过最轻微的暧昧言行，完全是个专业的特工机器，尽管汉斯也清楚地知道她一直对欧文施展其女性魅力。有一阵子，丽娜很想知道汉斯为什么总是与她保持着一段距离，尤其是汉斯不止一次地夸她漂亮。于是丽娜认定，这种情况最好；因为汉斯不仅是纳粹分子，而且还是迫使她担惊受怕的元凶。

第 22 章

9 月下旬的一天晚上，丽娜还没下班，通向系里的门虽然关着，一股微风却从窗外轻拂而来，带着一丝秋的气息。酷暑终于过去，不禁喜上心头。今年夏天的高温与潮湿好像特别令人难受。此刻，她刚刚把最新的一批来信和文件拍照完毕，把原件放回档案柜，突然感到一小股气流，就猛地转过身来。

门口站着一个穿军装的男子，目光正锁定她。肩章表明那人是军官；头上白发粗短，淡蓝色的眼睛透出一丝阴冷，条条皱纹刻满了额头。这男子以前肯定也健壮英武，但如今大腹便便，风华早逝；短袖的夏装军服，露出胳膊和手背上浓密的黑色汗毛——有点儿像类人猿。

丽娜一下子惊呆了。他站在那儿多久了？怎么没听见开门声？恐慌沿着脊椎爬了上来，手脚好像在突然之间脱离了身子。

那人抱着双臂："你究竟在这儿干什么，女士？"

她只觉大脑一片空白，想要低头看看双手是否发抖但又不敢；这一天终于来了——自己被抓了个正着。这时，她突然想起了汉斯教她的间谍情报技术规则中的一条：假如陷入困境或被当场撞见，最佳的防御措施就是积极防御。当时她还问是否能做到，汉斯轻笑了一声，说道："你一定能；我拭目以待。"

此刻，她才意识到汉斯说得对，别无选择！于是她挺直身子，也不知哪里来的勇气："恐怕我才应该这样问你吧！"

军官双眉倒竖："你可知道我是谁？"

丽娜摆起架子，竭力使自己的样子很可怕："不知道；反正我要叫卫兵了，这里是机密重地。"随即走向桌上的电话。

他上前一步："我是查尔斯·柯林斯上校。"

丽娜继续移向办公桌后面，因为提包还在地板上；她靠近提包时就轻轻地把它踢进桌子下面较深处。这时她才抬起目光，似乎刚刚才想起来。

"柯林斯？几年前在这儿的是你吧？"

"就是我，不过我现在回来了。"他的神情近乎傲慢，“你又是谁？”

丽娜警惕地看着他，一阵恐惧掠过全身；但要是被他看出来，自己就完了。

“本系已经下班关门，上校；我有义务向上级报告你擅自闯入。你是怎么进来的？我们的安保等级可是第一级！”

“不管你是谁，很显然，你还不知道我的职位。”

“你也不知道我的职位！”丽娜对自己这话都很吃惊——这种镇定强硬究竟是从哪儿来的？她拉开抽屉取出纸笔，写下柯林斯的名字，明早就报告上去。”

“报告递交给谁呢？”

她把柯林斯上上下下打量了一番，琢磨着对方是否能察觉到自己的恐惧。

“我就是负责安保的，我的职责就是确保冶金实验室没人违规。听着，立即说明身份，否则将被拘留！”

丽娜不知道是否应该相信他，但万一他说的是真的呢？于是答道：“我叫丽娜·斯特恩，是系里的两个秘书之一。”她迟疑了一下，接着说：“假如你说的都是真的，为什么没人和我说起过你？”这时的感觉就像是胃里有只鸟儿在扑腾。

“显而易见，因为你的级别不够。”

柯林斯这样的强调加上自负，使得丽娜很想发出一些神经兮兮的笑声来，但她紧闭嘴唇，确保不会发出。

“你为什么在这儿？”

她避开这个问题：“如果你就是你说的那个人，你会知道的。”

柯林斯盯着她，脸色发红。

“这段时间事情太多了，有时候我得加班到很晚才行。”丽娜说罢就弯腰拿起提包，只盼柯林斯没发现包里最上面的美乐时。“不过现在……很抱歉，上校……”她啪嗒一声扣上了提包扣子，“……我要回家了。”

她走出门时，感到柯林斯的目光一直跟着。

第 23 章

这以后的物理系，柯林斯无处不在，大家都觉得他既多余又讨厌。他总是在其他人工作时突然闯入，尤其对那些级别比他低的——几乎人人都比他级别低，因为大多数科学家都是平民。此时军方已经在负责曼哈顿计划[①]，柯林斯便放手干预这边的事。他每天都要求安全审查，检查记录、文件、备忘录，等等，常常打断丽娜和索尼娅的工作。大家都理解安保工作的重要性，但他把这作为干预一切的棍子。唯一能管住他的只有康普顿，但康普顿总是忙着与军方和政府高官开会，很多时候都不在；于是，系里多数人都开始厌恶起柯林斯来。

丽娜对汉斯说，就因为柯林斯，她被迫暂时缓一缓——否则太冒险了。汉斯同意她避一避风头。丽娜当然非常高兴，只要时间合适就可回家陪麦克

① 曼哈顿计划：美国陆军于 1942 年开始的研制原子弹计划的代号。

斯。麦克斯已经三岁半，求知欲很强，总是不停地问各种问题，丽娜只好不断地学习，诸如鸟儿为什么会飞、云彩怎么形成、叶子为什么会变色等，尽量满足儿子的求知欲。

与此同时，欧文却越来越让她烦心。丽娜没有勇气跟他说他们的关系已经结束。不过，她也确实减少了与欧文见面的时间，也看出欧文有一些挫折感。她担忧跟欧文说明以后不知欧文会如何反应。

危机降临于 10 月份。一天晚上，丽娜刚刚把麦克斯放到床上去睡觉，蜂鸣器突然响了；她按下了对讲机，一个清脆的声音说道："我是柯林斯上校。"

丽娜双膝打战。他这时来干什么？难道他发现了指证我的证据？这就是传说中的夜半敲门无好事吗？丽娜恐惧到了极点。不过，她学会了主动出击。

"上校！"她厉声说道，"时间太晚了，我正要就寝！"

上校清了清嗓子："有急事和你讨论。"

她顿时语塞。怎么办？

声音再次传来："拜托了，斯特恩太太！"

她取消了主动出击。上校几乎是彬彬有礼地求她了。也许并不是发现了她的间谍活动而是其他的事情呢？她松了一口气，按下开门键让柯林斯进了大门。

打开房门时，才见柯林斯仍旧穿着军服，但是皱巴巴的，好像在地板上打过滚儿；他脸色苍白（通常红润过度），散发出酒气。

“谢谢你肯见我。”

丽娜谨慎地点了点头：“请进，上校。不过请小声点儿，我儿子刚睡着。”

进屋后他四下看了看。

丽娜从小养成的礼貌开始显现：“喝杯水吗？”

“有没有更带劲儿的？”

对于这个请求，丽娜颇感意外；她结结巴巴地说：“我——我——好像有。”随即进入厨房，搜寻橱柜。几个月以前，欧文曾带了一些威士忌过来，这时刚好找到，几乎还是满瓶。丽娜正要问问他怎么饮用，就转过身来，突然大吃一惊，不禁后跳一步——柯林斯正站在厨房门口！并没听见他靠近的声音呀！原来他是这个目的——我上当了！

柯林斯举起一只手：“对不起，吓着你了，我不是故意的。”

她这才松了一口气，竭力压住自己的恐惧：

“你——你打算怎么饮用？威士忌，我是说。”

“直接喝，只一杯。”

她拿出一个杯子，倒了一半，然后递给柯林斯。两人随即返回客厅。丽娜坐在了椅子上，十指紧扣，把沙发留给了柯林斯。

柯林斯坐下后，深深地喝了一口。

“到底啥事这么了不得，非要连夜来说，上校？”她尽量使语气保持敌意，以便掩饰内心的紧张，但依然透出一丝不安。

“我有个提议。”

丽娜双眉一扬。如果这是一场较量，这样的开局倒很别致。她把身子挺得更直。

“我知道你和系里的一位物理学家在约会。”

丽娜顿时僵住了。

“就是欧文·曼德尔。不要否认。我们从几个方面证实了此事。”

“上校，”丽娜冷冷地说道，“舌头长在别人嘴里，我管不着；而且人们通常会加油添醋，夸大其词。我丧夫才十个月，仍在伤痛中。”

“你说的是实话吗，斯特恩太太？”

丽娜无可否认：“不是。可就算如此，又关你什么事？”

“曼德尔的事和我大有关系，斯特恩太太。我们断定，”他清了清嗓子，“他是外国的间谍。”

丽娜一下子懵了。欧文？间谍？她瘫向椅背。他们怎么得出了这个结论？或者，这是给她设的陷阱？柯林斯指控欧文是要试探她，让她不慎泄露什么？可得万分谨慎！

“不可能！”她终于说道。“我倒觉得，欧文是一个忠诚的爱国者。”她顿了顿，“你怎么会那样认为？”

“你知道我不能泄露详情。这是机密。”

毫无疑问，这个美国佬暗夜来访，说话旁敲侧击、含沙射影，精通审问技巧，这些手段之卑鄙与那些纳粹分子没有多大的区别。但他那些话的实质究竟是什么？反应堆！对，肯定是。他俩去那儿的事已被人发现；可是，他为什么要单单挑出欧文而不连她一锅端呢？

“斯特恩太太，”柯林斯又深深地喝了一口，“你可以否认这一切，但我知道你俩经常约会，我这儿有你俩的照片，就在校园附近那个餐馆里拍的。”

丽娜大惊，不觉挺直了身子：“你一直在跟踪我们？还拍了照？”声音陡然高了八度；自己也不知是出于恐惧还是愤怒。

柯林斯竖起一根指头贴住嘴唇：“你恐怕还是想降低声音吧，不是说你儿子在睡觉吗？”他的嘴唇微微卷起，现出一丝得意的微笑。

丽娜无话可答，只能怒目而视。

“其实，斯特恩太太，有一句话你说对了，你俩是什么关系与我无关，即使你俩像兔子一样滚到了一起，那也是你的私事。我真正关心的是冶金实验室的安全。正因为如此，我才需要你的帮助。”

丽娜双唇紧闭，眼睛也不敢眨一下，生怕泄露内心的秘密。

“其实，我是想要你保持和曼德尔的关系，尽可能和他形影不离，还要加深你们的关系。”他也忍不住笑了一下，“但是，你得向我汇报，让我知道他做的一切，无论上下班。我还需要证据。”

“什么，你要我监视我的同事？”

“对，而且不止一个。”

“说的什么话呀！”

“曼德尔是我名单上的头号嫌疑人，但还有其他的。我不在时，你要做我的耳目；不管你发现了什么，都是最高机密；你发现的任何东西都是给我们提供的敌方的情报。”

丽娜脑袋一偏："情报？"

他点点头："有什么问题吗？"

一股恶心感涌上喉头。太过分了。"我不干。欧文离间谍何止千里万里！他绝不会背叛他的国家。也不会背叛他的同事。他以自己是美国人而自豪。系里其他人也是一样。我不会堕落到你的档次。"

"你提到了'美国人'这个词，我深感欣慰，斯特恩太太，"柯林斯说道，"我还研究过你的身世，知道你是来自德国的难民，而且是犹太人。"

"犹太人"这个词稍微加重了语气。

"我现在是美国公民，我丈夫生前就职于冶金实验室，那也是我们相遇之处。"

"我很清楚这些。"他挥了一下手，"不过，在这样的环境里，尤其是在这样的时期，是敌是友，谁也分不清。如果你不合作，你的生命——还有你儿子的——可能会十分危险。"

"你是在威胁我，上校？"丽娜说道，不觉浑身发抖——并非恐惧，而是愤怒！

"一点儿也不是，斯特恩太太。我只是提醒您作为美国公民的义务，尤其是战争期间到处都有间谍活动的情况下。务请三思。"

第 24 章

柯林斯走后，丽娜睡意全消，便去厨房倒了半杯威士忌——就是刚才给柯林斯倒过的那瓶，然后又“砰”的一声放下杯子。必须告诉欧文，柯林斯已经怀疑他从事间谍活动；可是，怎样才能不暴露自己呢？哼，这全是柯林斯的诡计。柯林斯对我一直冷冷的，现在却要利用我来密切监视欧文！

现在我已同时被两个组织利用，双方各有目的。柯林斯虽然比不上德国人奸诈老练，但对我来说并无区别。无论对于哪边，我都只是一枚棋子，复杂棋局中一个无足轻重的小兵。假若那些人发现，我其实一直在糊弄他们，会怎么对付我？怎么对付麦克斯？

她双手捂住脸。自己走向了一条无法回头的死路：身为间谍的日子已屈指可数，恐怕还包括生命！究竟是怎么走到这一步的？或许，自己本来应该留在德国，与家人、与约瑟夫相依为命。可现在呢，毫无疑义，只有死路一条；但即便要死都应该死得堂堂正正，死得清清白白，没有耻辱也没有丑闻！

丽娜在客厅里踱着步子，来来回回。或许会有人帮助我脱离困境。就是那个人——那个唯一提到两次事故之间有联系的人。但他真会帮我吗——没道理呀！说不定他也会把我扔进狼群，正如其他人肯定会干的那样。况且，就算他真的肯出手相助，我的生活也会变得更加困难。她搜肠刮肚、冥思苦想，想找出别的办法，但毫无结果。

最后，还是满屋里翻箱倒柜地寻找那人的名片，那是几个月之前交给她的；找了厨房，再搜卧室，就是找不到。真是急死人！必须找到！终于，在梳妆台上的首饰盒里发现了它。她一把抓起来，差不多是跑到了电话桌。

“你好，丽娜，”拉尼尔的声音，“我一直等着你的电话。”

第 25 章

第二天早上秋高气爽、清凉宜人，是那种令人想起到处都是苹果和蜂蜜的日子、那种欢庆新年的日子。犹太新年[①]已经来过了——今年来得特别早，但那些猩红、鲜黄、橘黄的各色树叶在空中随风打着旋儿，提醒着人们季节的更替。上班之前，丽娜依依不舍地拥抱麦克斯，比往常多抱了几次才出门。

她严格执行拉尼尔的策略，既不向汉斯、也不向柯林斯透露和拉尼尔的谈话内容。昨晚电话一挂，拉尼尔很快就过来了。具有讽刺意味的是，他也坐在柯林斯坐过的位置。丽娜毫无隐瞒地讲述了一切，然后两人讨论丽娜该怎么办。

“我想要你为我们做事。”

---

① 犹太新年以希伯来历法为准，每年的日期在公历上都不同，目前在公历的 9 月 5 号—10 月 5 号之间，为期两天。

“我们？”

“美利坚合众国。”

“我想我已经在做了，通过柯林斯。”

“我们还没能确定他的身份。他有可能太粗鲁任性，只是个人行为，因为并未正式任命他参与曼哈顿计划。要么他就是别有用心。目前还不清楚。”

“具体要我怎么做？”

“从根本上说，就是要你给他们真真假假、虚实难辨的情报，在传递给汉斯的文件中加入一些误导他们的信息，对柯林斯也一样。总之，他们得到的要么毫无价值，要么全是谎言。”

丽娜咬着嘴唇，回想起修改过的反应堆图纸，就给拉尼尔说了。

“就该这样。干得漂亮。这正是我们想要的。”

“可具体怎么做呢？我怎么能够分辨出哪些有价值哪些没有呢？”

“听着，凡是你打算传给他们的东西事先都由我看看。送给他们的假情报在短时间内当然没多少效果，可时间长了就大不相同。你必须确保送出去的每一份情报事先都要给我一份。”

“我怎么给？”

“你现在是怎么做的？”

丽娜就跟他说了。

他点点头："我们也要建立自己的情报传递点。"

丽娜用一只手梳过自己的头发："要是他们意识到情报被做了手脚，会怎么样呢？"

"如果你小心谨慎，就不会露馅，"他顿了顿，接着说，"要记住，你也要给他们一些真情报。"

"给柯林斯的也一样，你说的？"

拉尼尔点点头："在这点上，宁要安全，不要后悔。对不对？"

丽娜没有回答。

"还有，我会尽最大的努力支持你。你现在是站在正义的一方了。"

丽娜疑惑地扫了他一眼。

"好啦。"他开始转移话题。丽娜嗅得到他脸上须后水的气味。"现在，咱们谈谈明天怎么做。"

丽娜要完成两个任务。第一，对汉斯说欧文已被怀疑从事间谍活动，而这都是她的错，请求汉斯做点什么来应对此事；她必须承认自己因为深感内疚而慢慢失去理智，因而自己的工作要放慢节奏，还要做好准备应对可能产生的后果。第二，要告诉欧文柯林斯深夜到访一事；要说明，欧文应该知道自己已经处于监视之中；或许他俩可以一起想出办法来对付柯林斯。

丽娜想马上告诉欧文，但只能等欧文来了才行。欧文通常是午餐时间过来，但今天午餐已过，他依旧没来。丽娜问索尼娅是否见到过欧文，索尼娅摇摇头，说道："不过，我倒想跟你说几句。"

丽娜心头一紧。

"终于收到了弗兰克的信。他很好，再过两三个月就回来。"弗兰克是索尼娅的丈夫，今年夏天被选中参加中途岛战役以后，索尼娅好几个星期都没有他的消息。

丽娜顿时如释重负，为她深感欣慰。

"还有，"索尼娅偏着脑袋，"一旦他回家，我就不来上班了。"

"哎呀，真不想你走！"丽娜意识到自己已经舍不得离开这位同事了，更不要说，任何代替索尼娅的都有可能是安插来监视自己的；这种情景，她想都不敢想。

"我可不像你那么有奉献精神，丽娜，"索尼娅接着说，"我不可能像你那样把所有时间都花在工作上。"奉献？索尼娅就是这样看我的？丽娜刚要回答，又突然住口——真不忍心扫她的兴。

午饭后，丽娜出去找到一个付费电话，拨了出去。

“你去哪儿啦，欧文？我非常担忧。”

“我被开除了。”

“什么！原因呢？”

“柯林斯知道了我在不该去反应堆时去了，卫兵报告他说听见了两个人进去的。他并不知道另一人是谁，但他认为是一个女人。柯林斯认为我是间谍，但他说如果我不声张此事，他就会把这事包下来。”

“不可能！间谍？哪一方的间谍？”丽娜问道。她禁不住想知道柯林斯是否了解自己的真实情况。柯林斯把所有的线索都汇总分析过了吗？难道他那次夜访是给我设的陷阱？

“苏联间谍。”

“苏联间谍？亏他想得出来！”尽管如此，她依然暗自松了一口气；其实也就是被判了缓刑。柯林斯还没想到纳粹身上。然而，她的轻松很快就转化为自我憎恨。纳粹特务摆脱了嫌疑，自己怎么还能如此庆幸？

“欧文？”没有回应。“欧文，我一定要和你谈谈。这都是我的错。”

电话那头只有沉默。欧文不同意她的说法。

“欧文，我要去找柯林斯，向他说清楚我才是那个真正想进去的。一切责任由我承担，我才应该是那个被开除的。”

这一次有了回音：“不要去。两人都受苦，那才没道理。”

她也曾希望欧文会那么说。

“可那是我的主意，不能让你来受罚。”沉思细想，看看是否真有办法来取消对欧文的惩罚。我真能让柯林斯相信欧文其实是无辜的？简直就是一场冒险！不行，柯林斯绝不会相信。柯林斯要么会认为我在为欧文开脱，要么就会把怀疑集中到我身上，而且很可能已经在怀疑我了。然后又想，究竟什么才是最重要的？我自己的暴露只是个时间问题，唯一不确定的是，究竟是谁把我抛出来？汉斯还是柯林斯？——或许，甚至是拉尼尔！

“不！”欧文语气坚定，“你不能失去工作，我知道你全靠这份工作。”他顿了顿。不过，我倒的确想问问你：“为什么想看反应堆的愿望那么强烈？是不是瞒着我什么？”

天哪！丽娜瞪着街对面那家干洗店的牌子，但她看见的只是一团模糊不清的字母。如果那个信以为真的男友都不信任我的话，那我一定不是一个称职的间谍。真想把自己溶化进地下，就像电影《绿野仙踪》[①]里面那样。于是她小心翼翼地答道：

“欧文，你是知道我的。你怎么看？”

随后是长时间的停顿。然后，“对不起，丽娜。只是这个——所有的这一切——都与我整个儿唱反调。我父母要我回去和他们在一起。可我怎能回去？回去就是承认失败。我真不知道，离开了冶金实验室，我还能干什么？”

“你不是间谍，欧文。我俩都很清楚。”她接着急匆匆地说道，“我们都知道，柯林斯可能歧视犹太人，他这样做并不令人吃惊。”

他叹了口气：“反犹，亲犹，谁会在乎？任何人都可能有嫌疑……索尼娅……你……我……甚至康普顿，天理何在啊！这些日子，任何人都有可能脱不了嫌疑。”

“欧文，住口！”对于这么好的一个小伙子，我究竟做了些什么啊？欧文如今成了我过去的影子，一个失望、伤心的影子——全都是我引起的！

---

① 《绿野仙踪》，1939 年美国影片，其中有小女孩多萝西用一桶水就把恶女巫溶化了的情节。

“丽娜，我今晚想见你。求求你，可以过来吗？”

她用一只手蒙住了双眼——今晚要和汉斯接头，绝不能让这两个男人相互撞见——她正要提议第二天晚上，突然，欧文说道：

“我懂了。”

沉默就是丽娜的回答——欧文肯定这么想。

“不是，等等，欧文，不是那——”

电话已经挂断。

第 26 章

接下来的几小时里，丽娜觉得自己就像是贝拉·卢戈西[①]恐怖片中的吸血鬼。

咖啡馆里，她对汉斯说了欧文的事，自己是如何利用欧文才得以看到反应堆，又如何发生了意外的。

“你得采取措施。”她的语气极度痛苦。

汉斯耸了耸肩。

“拜托。我这可是在求你啦!”

“你能肯定他一无所知？”

丽娜低下头，想起欧文那个是否有什么瞒着他的问题。

“到底怎么回事，丽娜？”

她抬起头来：“他一无所知。我敢肯定。”

---

① 贝拉·卢戈西（1882—1956），美籍匈牙利裔演员，二十世纪三四十年代主演过一系列恐怖片。

“我明白。”汉斯眯着眼说道。丽娜明白，汉斯并不相信自己。

对于欧文的突然消失，同事们居然无人谈起，或至少无人与丽娜谈起，她对此颇为吃惊。她猜测，这是因为人们知道她与欧文常常约会，不便触及她的感受。不过，这倒有点儿值得庆幸，因为这样她才可以尽量集中心思在工作上来麻痹自己；但柯林斯每次进来都要问她有什么新发现，还要催促她赶快提供可疑情况。她不禁开始咬起指甲来；这个动作，以前从未有过。接着出现了间歇性头痛、厌食、失眠；就连回到家里以后，看着嬉笑蹦跳的儿子，也高兴不起来。

一周以后，已是 10 月底，丽娜假装着要赶工处理堆了几天的文书档案，想要选出一两封信来拍照，但随即决定取消——柯林斯随时都会突然现身！

真是英明决定！——还不到 20 分钟柯林斯就走了进来。这一回，他的脸色可不像往常那么凶恶——其实是面部肌肉绷得太紧、极其焦虑所致。

“听说了吗？”

她脉搏顿时加快——柯林斯嘴里从没什么好消息！

“一场大火。”

丽娜本来坐着，此刻一跃而起，跑到窗边观望。既没火苗，也无烟味。“哪儿啊？什么也看不见。”她转过身来。

“不是这儿。”柯林斯手摸嘴唇，“你真的不知道？”

“上校，我简直不明白你在说什么。”丽娜胸腔子里怦怦直跳，“到底什么事儿——究竟是哪儿啊？”

柯林斯停顿了一下——但不到一秒钟，然后说道：“你那个情郎，欧文·曼德尔，他家昨夜失火，已被烧塌。”

“啊，天哪！”丽娜一声惊叫，双手飞起按着两边太阳穴。

“消防队说，起因是感恩节放在窗台上的蜡烛点燃了旁边的窗帘。”

“可是——可是——”她语无伦次地说，“不可能！”欧文家里从来不过感恩节，这是他家严格遵守的习俗；因为欧文不止一次对她说过，他们认为感恩节是异教徒的习俗。一定有人故意放火又掩盖真相。

柯林斯接着说：“幸好曼德尔先生和太太不在家。”他清了清嗓子：“但欧文在。”

丽娜不觉抓住自己的头发。

“他没能脱险，已经走了。”

没过多久，冶金实验室就开会讨论欧文家里的火灾事故。震惊与恐惧让人们迅速谈起欧文的情况：间谍活动的传言、职业生涯的终结。丽娜后来也记不清是谁首先推断欧文之死并非意外事故——由于失去了理想的也是唯一能干的工作，孤僻而绝望的欧文安排了自己的命运。还有些人指责柯林斯并要求开除他；他们甚至相信这场事故是柯林斯用了什么诡计“安排”的。

丽娜当然清楚得很。欧文的确心烦意乱、沮丧失望，但绝不可能自杀；柯林斯也还没有胆大妄为到会叫人消失的地步，他这人虽坏，疑心重重、让人害怕，但并非凶手。

她知道是谁放的火，也知道原因。想到这里，最后一丝镇静突然消失得无影无踪。局势已经失控。她必须保护儿子，保护自己！无论用什么方法！

星期六早上，她告诉 M 太太自己要出差，请她照看麦克斯，然后乘公车到了中国城，在瑟麦克大街与温特沃斯大街相交的路口下车后向南走，到了 23 号大街的拐角处右转。这个街区中部是陈氏枪支用品店。丽娜走了进去，30 分钟后出来；身藏一把史密斯-韦森[①]22 左轮手枪和一盒子弹。

① 史密斯-韦森公司，美国著名手枪生产商，成立于 1852 年。

第 27 章

1942 年，11 月。

究竟是如何度过了这年的 11 月份的，丽娜自己都不知道——

既要分别为汉斯与柯林斯刺探情报，还要向拉尼尔汇报细节；要在这几方之间做得天衣无缝，几乎毫无可能。这是一场表演——不仅对于汉斯、柯林斯是表演，就算对拉尼尔也是如此；自己犹如同时扮演三个角色，必须记牢什么话是对谁说过的；只要错一句台词就会露馅，就可能招来灭口之祸，比超人[①]的飞速子弹还要来得快！

不过，对于交给汉斯的情报她倒不必忧虑，可真可假，美乐时拍摄的胶卷就是救命稻草；但柯林

---

① 超人，1938 年《动作漫画》创刊号登载的漫画故事，1941—1943 年出品同名动画片，共 17 集。

斯和拉尼尔要的都是实实在在的文件，她只得用两层复写纸打字，而复写件有时又不能完全对齐，塞在滚筒里看上去凌乱不堪。丽娜偶尔还要瞟一眼索尼娅，担心她会发现自己的行为；但索尼娅似乎心不在焉，总是想着丈夫回家的日子。

来函与备忘录须手工抄写，她就偷偷把一些文件装进手提包里带回家，一旦麦克斯睡着就开始抄写；还得仔细伪装自己的笔迹，以防系里有人怀疑到她。当然啦，这样做修改文件时也容易得多，但传递情报也有麻烦。柯林斯声称他自己的级别可以接触最高机密，丽娜向拉尼尔求证，拉尼尔却说柯林斯撒谎。然而，她别无选择，依旧不得不向柯林斯传递情报。

传给柯林斯的第一份情报是康普顿写给军方的一封信，信中附有对加大伯克利分校最新研究进展的分析报告。那是奥本海默领导的一个理论物理学家团队的结论；该团队包括菲利克斯·布洛赫、汉斯·贝特、爱德华·泰勒、罗伯特·塞伯尔，以及从芝大冶金实验室过去的约翰·曼利等著名科学家。该团队认为，要制造那颗原子弹，所需要的可裂变物质是他们先前估计数量的两倍之多。而康普顿决定等到反应堆的实验数据出来才做判断。

午餐时间到了，丽娜收好那封信，匆忙穿上大衣，戴起手套，对索尼娅说要去散散步。下楼以前，先进了卫生间，偷偷取出那封信的抄件塞进了一只手套。出了大楼，按照事先约定的那样“碰见”了柯林斯，趁机不经意地把那只手套掉在了地上。柯林斯弯腰捡了起来。

那天下午，柯林斯来到了办公室。“女士们，”他朝向索尼娅和丽娜挥舞着一只红手套，“你们知道这只手套是谁的吗？我在外面捡到的。”

索尼娅看向丽娜：“这不是你刚买的那双中的一只吗，丽娜？”

丽娜吃惊地抬起头来：“哎，对呀，就是呢。谢谢上校。准是去吃午餐的路上掉下去的。”

丽娜很晚才完成当天的工作，刚刚穿上大衣要走时，柯林斯就出现在门口，好像是从阴影中溜进溜出的——丽娜最讨厌这一点。

他瞥了丽娜一眼，眼色颇为狐疑：“你怎么知道我想要有关康普顿的情报？”

丽娜摇摇头：“并不知道。”

柯林斯双眉一扬。

“我以为你想要曼哈顿计划的所有信息；否则不会这么保密。”她忍不住加了后半句。

柯林斯突然愣住了："呃，这个，这个……"他清了清嗓子："命运使然。奥本海默的任何情况我都想要，只要你能找到：他想什么、做什么、有多少钱、怎么花销、何时洗澡或欺瞒过他的妻子——总之，事无巨细，无所不包。"

丽娜一声不吭。

"你知道他是什么人？"柯林斯补充道。

"他是康普顿教授的同事、杰出的物理学家。"

"人们都知道他与苏联人有联系，而且说不定他本人就在给那些人提供情报。跟你说实话吧，我之所以来这儿，就是因为他。此人很可能会成为曼哈顿计划的领导者。我们必须密切注意他的一举一动。"他顿了顿，"你干得好。"

丽娜步履沉重地走在回家的路上。这戏再也演不下去了，简直叫人崩溃、叫人疯癫。自己肯定会暴露而受到惩罚，纳粹、柯林斯甚至拉尼尔都有可能随时毁了自己。必须到此为止——无论以什么方式，也无论那三人想要什么。就在这时，突然幸运降临——蹦出一条妙计！此计或许能引爆这场戏的高潮，加速滑向结局。她一到家，就给汉斯发信号要求接头。

第 28 章

“有麻烦了!”第二天碰头时她对汉斯说。

“怎么？”汉斯问道。

她就说了柯林斯的行为：“我早就想跟你说，但又害怕。他到底掌握了多少我的——我们的——情况，心里没底。我想要在和你接头以前就弄清楚。”

汉斯的脸色莫测高深：“你给了他些什么情报？”

“就和给你的差不多。”

汉斯咕哝了一声。“从现在起，要确保他所得到的资料刚好就是你告诉我的。”他又琢磨了一下丽娜的话，“对于我们的计划，他发现了什么蛛丝马迹没有？”

“这正是我一直没跟你接头的原因。我现在可以肯定，他一点儿也没察觉。”

她预料汉斯会起疑心，威胁着要报复，或要以某种方式惩罚她。然而汉斯却微微一笑，这使她颇为吃惊。

“好啦，好啦，这个消息可能很有用。有关柯林斯的最新消息，一定要继续告诉我。”

继续报告最新消息？就这些？丽娜不觉紧张起来。汉斯好像真的对此漠不关心，可他们却除掉起了疑心的欧文。自己的计策失效了。

“你怎么能说柯林斯‘可能有用’呢？他可是真正的威胁呀！”

“你这想法是怎么来的？”

丽娜只觉怒火聚集：“汉斯，你看看我现在的处境。你要我为德国人刺探情报，柯林斯又要我暗中监视奥本海默；他一旦怀疑我，我就完了。尤其是现在希特勒已经侵入了苏联。”

“丽娜，不用着急。”

汉斯试图使她放宽心。糟了，她想。

“你好像忘记了，我现已身处险境、命悬一线！”

“哪有那么危险，你干得棒极了。”

丽娜深深地吸了一口气：“不，我干不下去了，我想退出。这也就是我今天来的目的。太危险了。我再也没法干了。还是适可而止吧。”

汉斯点了点头：“理解。不过也没几天了。”

“什么意思？”

“我们都知道，要造原子弹，曼哈顿计划会重新选址。你当然会留在这儿。唯一的问题就是，搬迁何时进行。那时我们自然会安排你的出路。”

“可是，柯林斯呢？打算怎样对付他？”

汉斯好像胸有成竹：“不足为虑。他只不过是——美国人怎么说的？‘一堆小土豆’[①]而已。”

丽娜明白，如果自己真那样想就是直奔地狱；她巴不得马上就开始制造原子弹——这样才可以解脱。

但前提是，那时她还活着。

① 一堆小土豆，这是美国俗语，意为“无足轻重的小人物”。

第 29 章

1942 年 12 月，芝加哥大学冶金实验室 1 号反应堆。

激动人心的时刻终于到来了！

1942 年 12 月 2 日，星期三，下午 3:30，费米的一位助手安放好最后一根控制棒，核反应堆的活性区便开始自我供给能量、加速运转起来；巨量的石墨、金属铀和氧化铀首次产生了自我维持的原子核链式反应。功率虽然只有半瓦，但没人嫌它太小——毕竟，反应堆已成功运转！

康普顿立即拨通国防研究委员会主席柯南特的电话，用暗语说道："意大利航海家刚刚登上新大陆。"

"土著居民是否友好？"柯南特问道。

"人人安全登陆，个个欣喜异常。"

实验室举行了庆典，其实就是在附近的一家酒吧里狂欢喧闹一阵——假如这些物理学家们的欣喜算得上喧闹的话。丽娜比任何人都高兴。炸弹研制的下一阶段即将开始，她的情报工作当然也就完结了。她迫不及待地等着这一天到来。她已经想好辞职，寻找一份完全不同的工作：去保险公司或制造厂谋得一个职位。目前的工作中，一方面是无法理解的科学知识多得叫人受不了，另一方面是理解得极为透彻的口是心非更叫人崩溃癫狂。虽然金钱上会有一些损失，但重获自尊的机会却是一笔超额的补偿。

接下来的几天里，为证实出现的链式反应并非侥幸，科学家们把反应堆的功率提高到了200瓦。这天下午，一位科学家从堆里出来后，手臂上带着烧伤。丽娜什么也没说，但她知道这是核辐射，链式反应的副产品，危害极大。三天以后，那位科学家一病不起，周末即逝世。这个消息简直是一个毁灭性的打击！幸好欧文没有继续钻反应堆。否则，他也会因曼哈顿计划而丧生；其实，他已经如此。

第 30 章

几天以后，丽娜归档一份绝密文件，是克罗夫斯给康普顿的备忘录。她匆匆忙忙拍了照，正要放回去时，突然瞥见“德国”二字，就一下子引起了注意。格罗夫斯说的是一个他们曾经怀疑而现在已经证实了的消息——德国人至少一年以前就放弃了原子弹研制计划，而且很可能不止一年。只因为希特勒既无足够的资金又无足够的人力来进行这项试验。纳粹两面作战，前线不断告急，而财源又大量流失，只好把每一个马克都配给了国防军。

丽娜不禁瞪大了眼睛。最近六个月以来，她和冶金实验室的所有人一样，确信纳粹德国的核试验对于美国是一个实实在在的威胁，德国科学家发了疯一般狂热研制原子弹并且实际上领先于美国。现在看来，真相恰恰相反。她和其他每个人所听到的都是宣传，都是谎言。或许，这一切只不过是哄着美国人民艰苦奋斗、加班加点、力争领先的一种手段罢了。

她拍完了这份备忘录，回家的路上偷偷放在了传递点。她知道，这个情报一定会引起反应。表面上，她是在为德国人刺探情报，而就是那些德国人却并没有研制原子弹；假如他们没制造原子弹，为什么需要她来刺探这些情报呢？不错，他们可能需要这方面的情报，但为什么会那么急迫？为什么要搞那些秘密活动、那些神秘的接头暗号？而且，假如德国的每一个马克都要首先满足国防军，那么她得到的那些钱又来自何处呢?

她回想着这一年来发生的事情：先是去年 12 月的卡尔之死，此案从未破获；接着是 4 月份的麦克斯遭绑架，这事也不了了之；然后是欧文死于一场神秘的火灾——就在欧文带她查看了反应堆之后不久；仅仅十二个月，三大悲剧接连发生，绝非巧合！尽管自己的潜意识深处早就这样认定，可心里就是不愿承认。

但现在不得不承认了。自己之所以幸存也正和这三件事密切相关。正是汉斯及其纳粹同伙精心策划了这一切。首先，杀死丈夫——使她既失去经济来源、又变得心理脆弱；然后，夺走儿子——儿子是她活下去的唯一理由，逼她同意当间谍才将儿子归还；最后，除掉欧文——欧文已无利用价值，反而有可能是他们的麻烦。

而现在，第四大悲剧的主角轮到她自己了。当他们发现自己已经知道这一切都是他们设的局时，会怎么处置她？她回想起曾经问过汉斯，一旦芝加哥不再搞原子弹研制，她的未来怎么办？汉斯却含糊其辞。要是她没有未来，又该怎么办？要是对于汉斯那伙人来说，自己不过就是他们手中的一枚棋子——微不足道、花费巨大、已经无用的棋子——又会怎么样呢？

一阵火辣辣的感觉窜过全身。丽娜探索、咀嚼这种感觉。第一次，这不是恐惧，而是愤怒。接近狂暴的愤怒。自己和自己所爱的人遭受了这么多苦难，怎么还能装得出一副无所谓的样子？

回到家里，晚餐以后陪着儿子玩林肯积木，直到儿子睡觉。儿子睡熟以后，她就苦苦思索，要想出一个万全之策。去找柯林斯坦白一切、揭发汉斯及其同伙？柯林斯从不相信她，尽管她给柯林斯传递过情报！柯林斯会以叛国罪控告她。柯林斯根本无法理解一个绝望的母亲被迫保护自己孩子的苦衷。自己肯定会在监狱里度过余生，甚至还会被判处死刑！

她跌坐在沙发上，双手抱头。拉尼尔也没保证过她的安全，从没有过任何承诺。拉尼尔只说是会尽力“支持她”。现在可真是走投无路！

丽娜走向壁橱，取出那把左轮手枪，然后回到客厅，举枪瞄准一个假想的目标。对着活人开枪！我真的下得了手？答案上涌，喉咙紧闭。无法肯定。她能肯定的只有一点：那些人不会——不能赢；自己的间谍生涯已到尽头，不再有谎言，不再口是心非。

她拨通了电话。

第 31 章

1942 年 12 月。

第二天，丽娜与索尼娅一道去吃过午饭，就在回办公室的路上，发现了汉斯发出的暗号：57 号大街的花店门口，一个被雪覆盖的小花盆里，插着一面小小的美国国旗。意为下班以后碰头。她很想不去。可是，如果不去，汉斯就会来找她，而且更糟的是，找麦克斯；于是，回家后就打开壁橱，取出手枪，装上子弹，放进外衣口袋里。至少，她也会搞点儿出其不意。

几分钟以后，那辆福特就到了。这一个典型的芝加哥的冬日，夕阳西沉，地面积雪还有几英寸，寒气刺骨；出门需手套、围巾、帽子齐全——全身裹得严严实实。丽娜等着小车停稳，摇下车窗。

驾驶座上的汉斯向她叫道：“快上，车里暖和。”

上车以后，才意识到后排还有一人；她转头一看。只见那人肌肉结实，壮如公牛。心里那个冷呀，比 12 月的寒冬还要厉害！

“他是谁？”

汉斯挥手：“迪特尔。”

一听提到他的名字，那人抬起头来。

“他不会英语。”汉斯又说。

“那他在这儿干什么？”

“接受我的训练。”汉斯停顿了一下，答道。停顿告诉丽娜，这是谎言。

顿时如坠黑暗之中。迪特尔一定是杀手，自己就是他的目标，他就是来“处理”自己的。逃跑？跳车？福特正沿着湖滨大道向南行驶，时机至关重要。迅速移至门边，猛地打开车门，一跃而出！但是先得确信后面的车辆距离尚远，免得落地就被撞倒碾过。唉！变数太多，此法不行。

要是汉斯拐进任何一个湖滩，都有机会行动。果不其然，就在 77 号大街，汉斯拐进了彩虹湖滩公园，那是一个伸进湖里的半岛。广阔的草坪上摆着许多供人们野炊的桌子，再过去就是沙滩，夏天总是人山人海。她和卡尔曾在这儿向北观赏卢普的景致——阳光灿烂的夏日里，真是壮观极了；有一张明信片上的照片应该就是那儿。然而此刻，只有骷髅般的树枝、脆弱的枯草与雪地；公园里空旷荒凉，犹如被遗弃的坟场。

“怎么停在这儿？”丽娜问道。

“当然得找一个僻静之处，才不会受干扰。你不断地提问，现在，给你答案的时间到了。”

丽娜偷偷看了一眼汉斯。他在玩什么把戏？唯一的答案，肯定就是一把上了膛的手枪对着自己。他拐进了一条幽静宜人的车道，驶向一座靠近湖边的低矮建筑；停车熄火，示意丽娜打开车门。

“我们走一走。”

三人下了车，背向湖面，开始穿过公园。汉斯与迪特尔走在丽娜两侧。暮色把公园投进了阴影，眼前的一切都模糊起来，难以辨认。丽娜轻轻地把手伸进衣袋，掂量着左轮手枪的分量，心里才有了几分踏实——至少还可以自卫！

一排光秃秃的树丫后面有一张野炊桌，桌上一层白雪。随着他们走近，一个身影逐渐现出：那是一个男子，身上裹着的好像是黑色的切斯特菲尔德大衣[①]，头戴黑色软呢帽，脚上是结实的长筒靴。丽

---

① 一种流行于 1930—1950 年的西装式大衣。

娜一见，好眼熟！那头型，那棱角分明的下巴，那双肩耸动的样子——胸腔子里顿时砰砰作响。原来是他！不觉加快了步子。

同时，那人也仔细打量着丽娜。那身形，丽娜太熟悉了。

眼看到了面前，他微微一笑。

丽娜猛地吸了一口气："约瑟夫！"

第 32 章

约瑟夫笑逐颜开：“你好啊，丽娜。”

丽娜靴子里早就钻进了不少的雪，脚底的寒冷本已使她发抖——但此刻心中的冰块却使她忘记了这些，反而觉得双脚倒是热的。“你——我不明白！你怎么会在这儿？”

约瑟夫伸出双手——这双手躲在厚厚的皮手套里：“为你而来。”

“为我？”丽娜眨了眨眼睛，满脸困惑，恍若梦中，“究竟是怎么回事？你在美国多长时间啦？”

“长得不想再长了。”

“为什么不来找我？”

他停了一下：“早就找到了你，通过汉斯。你的每一个行动我都了如指掌。”

“可你不是在布达佩斯吗？怎么会——”

他脸上现出一丝不悦：“你从没学会心平气和地说话。汉斯曾提到，你已经变得非常疑神疑鬼。我看他说对了。”

丽娜怒容满面。

约瑟夫顿了顿，深深地吸了一口气；再次开口时，语气变成了安抚：“对不起。我知道你过得有多么艰难。那种日子，会迫使任何人都不敢轻易相信什么。”

丽娜仔仔细细打量了他一番。比起七年前，约瑟夫明显有些苍老，两鬓似乎有一丝灰白，但他依然又高又壮，一副雅利安人的面孔总是让丽娜为他半是骄傲，半是羞愧；而他也满怀期待地注视着自己——丽娜突然意识到，自己应该说点什么了。

“你是——你是怎么找到我的？我们一直音信不通。”

“哦，丽娜，”约瑟夫摊开双手，“稍微想一想，其实很简单。”

她眯起眼睛，凝神回想。原来如此！不禁倒退几步，嘴巴大张：“你！原来这一切都是你干的！”

约瑟夫低下头，以示默认。

“可是——可是……”她语无伦次，“究竟是怎么回事？为什么呀！你可是犹太人呀！”她耸了耸肩。

一股怒火沿着脊梁蹿上来。“你倒是真的变

了？”丽娜冷笑了一声，不禁回忆起多年以前拿他的金发绿眼打趣的情景；完全有可能！

他双手掌心向上：“我没必要变。”接着伸出一只戴着手套的手沿桌子边缘刨起一堆雪，捏成雪球。“汉斯一直是我的耳目。”

丽娜猛地转身。汉斯就站在她身后，下巴凸起，似乎尽力显得不那么尴尬。

“必须等到恰当的时机才能告诉你。”约瑟夫再次微笑着说。

“告诉我什么，约瑟夫？”

他转过身，扔出那个雪球，然后转过来：“到了布达佩斯以后不久，我们一家人生活无着，没有钱，也找不到工作。一天，我在犹太教堂附近时，有两人向我走来。他们给我买了几样饭菜，我非常感激。那是我第一次填饱肚子，自从……好啦。我们就开始交谈，原来他们是苏军情报员；我们都认为必须打败纳粹。他们说，凭我的长相，可以冒充雅利安人……呃，你知道的。”

丽娜双唇紧闭。

“好啦，敌人的敌人终成朋友。你和那个柯林斯上校也没多大的区别吧。”

又一波愤怒让丽娜喘不过气来。“苏联间谍！”

她喘息着说，“你在为苏联人卖命！原来我一直在给他们刺探情报，不是给纳粹的！”她悄悄地把手伸进衣袋去摸着手枪。

约瑟夫并不否认：“不错，苏联是反法西斯战争的中流砥柱，也是在为我们犹太人复仇。最初，我只是在布达佩斯参加一些不太重要的行动。但是，当我收到你的信说你在芝大物理系工作的时候……呃，大家都惊喜异常。”

丽娜紧闭双眼。的确在一封信中提到过自己的工作。而且不止一次。她还记得，信中描绘了系里的每一个人。那时怎么如此头脑简单？她当然知道答案——当时旧情未了，总是想把一切都向这个男人倾诉。

“说实话，多亏了你，丽娜，我的军阶才升到了这么高。莫斯科特别重视有关美国秘密研究计划的情报，想要随时得到冶金实验室的最新消息，尤其是关于铀-235 裂变、制造炸弹的方法、需要什么设备来应用这些技术。这一切你都做到了。”

怒气汹涌澎湃，把内脏紧紧地扭成了一个球体；大脑一片空白。

“因此，你瞧，这事儿好得不能再好了。现在由我来照顾你，”约瑟夫满脸喜色，“以后就容易了。”

“容易？你撒谎！你们说是给纳粹刺探情报。你们强迫我回去工作，就在卡尔——”她气得说不出话来，“你们！就是你们，是杀害我丈夫的凶手！”

约瑟夫低下了头。丽娜觉得，这是约瑟夫第一次表现出了悔恨。“只能说，我对这事放任自流。”

“放任自流？说得倒轻巧！这是不折不扣的谋杀！你都成了什么样的人了，约瑟夫？为什么不来找我？或许我本来可以……”丽娜声音低了下去，因为注意到约瑟夫把手伸进衣袋里在掏出什么，于是紧握左轮手枪。但约瑟夫掏出来的是一包香烟；他取出一支，用火柴点燃，吸了一口，吐出一团烟雾。他什么时候染上这个习惯的？

“好了，丽娜。别那么天真。你绝不会自愿帮我们的。我们也没有办法，战争嘛，当然是残酷的。”

“可你们为什么假扮纳粹？你们知道引起了我多大的内疚、对自己多大的痛恨？”

“我们必须保护自己。原来并不知道你这么有价值。假如你被抓，我们想要你的上司认为你背后是德国人，而不是我们。”

“于是你们就撕裂我的灵魂、毁灭我的人

生……就为了保护自己！”

约瑟夫一愣：“你对我不也是这样吗？抛下我，投入到另一个人的怀抱？”一时间，约瑟夫的镇静消失了，脸色阴沉起来。

这人已经不再是那个她所认识的约瑟夫、那个曾经让她魂牵梦绕的约瑟夫了。

“你们杀死卡尔，究竟是向谁复仇？”她顿了一下。那一幕幕全都连在一起了。“接着又绑架了麦克斯！”

约瑟夫又变回了沉着镇静，恢复了很有教养的风度：“小家伙那么可爱，我亲自逗他玩儿。如此聪明、充满好奇心的孩子，我把他当作自己的儿子来疼爱。”

丽娜不理睬这句话：“然后又是欧文！”

约瑟夫吹出一口烟雾，丽娜吸进了陈腐烟草的气味。

“他会妨碍你们，他会一直是你们的麻烦，他成了所谓的‘附带受害者’。”

“附带受害者。”她低声重复道。

约瑟夫把烟头弹进了雪地里。

丽娜看着橙色的烟头慢慢地熄灭了。

“对不起，没想到让你这么痛苦。我也只是执行命令。”

她尽量不让自己声音尖利。“执行命令？你现在也是吗？”

约瑟夫瞥了一眼汉斯和迪特尔。“现在我让他们去执行命令。我来这里，就是想要补偿你。我知道柯林斯起了疑心，你的处境很危险，不能回去上班。我想给你一条生路。跟我在一起。”

他犹豫片刻：“我们去纽约隐居起来，我来做麦克斯的爸爸。”

“可你已经结婚了呀！就是你信中提到的那个女孩。”

他笑了：“那只是‘白色的谎言’[①]。没有别人。除了你，丽娜，我这一生绝不会有别的女人。我做这一切都是为了我俩。”

他挥了一下手：“跟我回家吧。哈希姆会摆平这一切。我们可以抹掉过去，还自己一个清白的历史。”

这话听来好可怕！我曾经深爱的这个人，怎么能够厚颜无耻到这个地步！不，不对，这并不仅仅是厚颜无耻。而是傲慢！令人恐惧的傲慢！难道，

---

① 这是英文谚语，意为“善意的谎言”。

对于他来说，兜了个圈又从头开始，真的就这么容易？

约瑟夫微笑着，一副好像懂得丽娜心思的样子。

丽娜伸手捂住嘴巴。也许自己别无选择。他说得对。不能回到冶金实验室。回去就意味着母子俩生活无着。可要是回到约瑟夫身边，自己还怎么能活下去？这个男人固然是自己的初恋，可现在从他身上看到的东西令人恐惧、令人恶心！整整七年的时光，怎么能够瞬间蒸发、消失于雾中，犹如生长于黑暗之中的阴影消失于阳光下那么容易？如果是那样，自己将生活在永恒的担惊受怕——甚至恐惧绝望——之中。不行，这是邪恶的生活，彻头彻尾的邪恶！

“你们利用我、操纵我、杀死我丈夫、绑架我儿子，把我逼到了崩溃的边缘！”

“我承诺，一定会补偿你。”他伸手在桌上铲起更大的一堆雪。

她极力忍住自己的厌恶。所有的悲伤、忧愁、内疚，早就刻进了骨髓里。一堆干净的白雪加上几句甜言蜜语，就能把这些全都抹掉？伸进衣袋里那只手握住了左轮手枪。

“因为你想要摆平这一切。”

约瑟夫点点头：“我的意图是要和你永不分离，自从我们在动物园的相互承诺那一刻起，一直如此。‘永不分手，除非死亡’！还记得吗？”

丽娜靠前两步：“当然记得。而且我相信你是对的。现在，是时候摆平这一切了。”

约瑟夫张开双臂。

“永不分手，除非死亡!”丽娜哽咽着。

趁着还没改变主意，她突然抽出手枪，扣动扳机——约瑟夫应声倒地；随即转身，向汉斯开火，汉斯仰面倒下——因为她知道，同时射杀两人犹如毫无目标。这时迪特尔冲上前来，瞄准她的胸膛。她立即扑倒在地，希望缩小目标——但为时已晚，两发子弹接连射出！

第 33 章

丽娜看着迪特尔在几码开外慢慢倒下，雪地上血迹斑斑。她在地上翻滚了一转，努力坐了起来；晕晕乎乎中，伸手触摸自己的胸部、双臂，以及面部；耳朵里依然回荡着枪声——还活着！没受伤！死的是迪特尔！

渐渐地，耳朵里清静了，警笛声清清晰晰不断传来。约莫十几个男人蜂拥而至，冲过雪地，多数人边跑边叫。她神思恍惚地看着这一切，简直不明白是怎么回事儿。突然，影影绰绰之中，传来一个熟悉的声音："丽娜，没事吧？请回答！"

她努力打起精神。

拉尼尔探长进入了眼帘。他跑过来，蹲下，伸手揽住丽娜的肩头："你没有受伤，明白吗？一切都过去了。"

"我——枪杀了他们。"丽娜低声说。

"不错，你干的。"

拉尼尔目光扫向约瑟夫和汉斯，丽娜跟着看过去。汉斯躺着一动不动，但约瑟夫还在扭动，并且不住呻吟。拉尼尔的手下包围了他，挡住了丽娜的视线。

“迪特尔向我开枪，怎么……”她抬起头来，看着拉尼尔。

“我们抢先打中了他。”

她眨了好几次眼睛，想要竭力弄明白这究竟是怎么回事。“可是，你怎么知道我在这儿？”

“自从昨晚接到你的电话，我们就一直暗中保护你。我一直都在离你几英尺以外的地方。”

寒冷的空气刺痛着嘴唇，她不禁伸出舌头舔了舔：“我是被迫的，特里。就在他对我……对卡尔……还有……做了那些事以后……”

拉尼尔打断了她：“丽娜……你意识到你都干了些什么吗？”

“我犯了杀人罪。两次。”

拉尼尔摇摇头：“你破获了美国最大的苏联间谍网。”

丽娜眉头深皱：“不，你不明白。我——我——”

“嘘——”拉尼尔竖起一根指头，紧贴嘴唇，“我知道你心里很不安宁，还极度震惊。不过，你的确是一位英雄，丽娜。没人做到过你所做的事。就你的情况而言。”他吸了一口气：“你摸到了一个主要间谍网的内部运作情况。他们的头目就是约瑟夫，依然活着。”

四个男人弯腰抬起地上的约瑟夫，走向旁边的救护车。

丽娜与约瑟夫四目凝视，相对无言——简直犹如梦幻之中！然后她问道：“你们打算怎么处置他？”

拉尼尔笑了：“我们首先要治好他的枪伤，保证他痊愈；然后，当然会把他驱逐出境。”

“驱逐？”

“别担心，你不会受牵连。因为你早就把传给他们的所有东西都告诉了我。”

“等等。”她举起手掌，做了一个向外推的手势，“柯林斯呢？他会不会——？”

“已经通知他了。他高兴得不得了，连声称赞你是真正的爱国者。”

“可我犯了叛国罪。”

拉尼尔弯腰伸手去扶她站起：“你是被迫的。幸好你及时找我。为了国家，你成了一个战争时期的双面……不，三面间谍。”

丽娜皱起眉头：“你说你知道汉斯和约瑟夫不是

纳粹？你早就知道他们是苏联间谍？”

拉尼尔一时未作回答；然后垂下脑袋：“其实以前跟你说过，丽娜，我一年多以前就开始调查这个案子。”

“这么说你真的知道？”

他点点头。

丽娜把手从拉尼尔手中挣脱，陡然正色道：“为什么不告诉我？”

拉尼尔现出恳求的神色：“我本来想的，但上司们不许。他们担心，你不会像恨纳粹那样恨苏联间谍，那就有可能露馅。毕竟，纳粹才是你的死敌。”

丽娜凝视着拉尼尔。在某种程度上，拉尼尔也和汉斯或柯林斯没多少区别，也是在操纵她、利用她。她也应该恨拉尼尔——除了刚刚救了她的命这件事。

“没告诉你的确是我不对，”拉尼尔接着说，“我们现在才知道，你已经证明，为了美国你愿意牺牲自己的生命。你都成明星了，丽娜。你看看那边，一大群人都等着想跟你握手呢。”

丽娜费力地站了起来。她的世界突然间颠倒了。

“不过我敢打赌，你现在只想回家看儿子。”

她点了点头。

“听着，我还有事要处理，但我会尽快赶过来。

我还有许多话要和你说。”拉尼尔向着一个手下：“阿彻，请你把这位女士送回家。”然后转向丽娜：“今后若干年里，人们都会传说你的故事，丽娜。”

她晕晕乎乎地摇了摇头：“你那么说，好像我有什么了不起，但我没什么特别的。”

拉尼尔笑道：“嘿，这次你可错了。我自己倒没什么特别的，只是一个普通而健壮的美国人，在爱荷华州出生长大。而你的确不是普通人。”

“普通人。”丽娜重复道。或许他说对了。自己本来是一个难民、寡妇、间谍，但现在，表面上看，又成了一个英雄、明星爱国者。自从踏上美国，从来就没普通过。虽然她唯一想要的，就是一个普通人的生活。

“普通，”她说道，“一个普普通通的美国人。那是什么感觉？”

“也许是时间该你熟悉那种感觉了。”拉尼尔挽着丽娜的胳膊走过雪地，走向小车，“我们也可以好好聊聊那种感觉。”

“好，一言为定！”她笑了。

图书在版编目（CIP）数据

另类间谍 / (美) 莉比·菲舍尔·赫尔曼著；汪德均译. -- 天津：天津人民出版社, 2017.3（2019.4重印）

书名原文: The Incidental Spy

ISBN 978-7-201-11538-2

Ⅰ. ①另… Ⅱ. ①莉… ②汪… Ⅲ. ①长篇小说—美国—现代 Ⅳ. ①I712.45

中国版本图书馆CIP数据核字(2017)第057215号

著作权合同登记号：图字 02-2017-36 号

另类间谍

LINGLEI JIANDIE

[美] 莉比·菲舍尔·赫尔曼 著 汪德均 译

出　　版 天津人民出版社
出 版 人 黄　沛
地　　址 天津市和平区西路西康路35号康岳大厦
邮政编码 300051
联系电话 022-23332469
网　　址 http://www.tjrmcbs.com
电子邮箱 tjrmcbs@126.com

责任编辑 张　璐
特约编辑 王小凤
产品经理 汪德均
封面设计 李　伟

印　　刷 天津旭丰源印刷有限公司
经　　销 新华书店
开　　本 880×1230 毫米　1/32
印　　张 5.5
字　　数 76 千字
版次印次 2017 年 3 月第 1 版 2019 年 4 月第 2 次印刷
定　　价 29.00 元